U0055260

畢璞全集・小說・一

故國夢重歸

【推薦序一】老樹春深更著花

封德屏

一九八六年四月，畢璞應《文訊》雜誌「筆墨生涯」專欄邀稿，發表〈三種境界〉一文，她在文末寫道：

> 這種職業很適合我這類沉默、內向、不善逢迎、不擅交際的書呆子型人物，我很高興我當年選擇了它。我既沒有後悔自己走上寫作這條路，又說過它是一種永遠不必退休的行業；那麼，看樣子，我是注定了此生還是要與筆墨為伍了。

畢璞自知甚深，更有定力付之行動，近三十年來她持續創作，陸續出版了數本散文、小說、自選集；三年前，為了迎接將臨的「九十大壽」，她整理近年發表的文章，出版了散文集

《老來可喜》。年過九十後，創作速度放緩，但不曾停筆。二〇〇九年元月《文訊》創辦的「銀光副刊」，至今刊登畢璞十二篇文章，上個月（二〇一四年十一月），她在「銀光副刊」發表了短篇小說〈生日快樂〉，此外，也仍偶有文章發表於《中華日報》副刊。畢璞用堅毅無悔的態度和纍纍的創作成果，結下她一生和筆墨的不解之緣。

一九四三年畢璞就發表了第一篇作品，五〇年代持續創作，創作出版的高峰集中在六〇、七〇年代。一九六八年到一九七九年是她作品的豐收期，這段時間有時一年出版三、四本，甚至五本。早些年，她是編寫雙棲的女作家，曾主編《大華晚報》家庭版、《公論報》副刊、《徵信新聞報》家庭版，並擔任《婦友月刊》總編輯，八〇年代退休後，算是全心歸回到自適自在的寫作生涯。

真摯與坦誠是畢璞作品的一貫風格。散文以抒情為主，用樸實無華的筆調去謳歌自然，讚頌生命；小說題材則著重家庭倫理、婚姻愛情。中年以後作品也側重理性思考與社會現象觀察。畢璞曾自言寫作不喜譁眾取寵、不造新僻字眼，強調要「有感而發」，絕不勉強造作。

畢璞生性恬淡，除了抗戰時逃難的日子，以及一九四九年渡海來台的一段艱苦歲月外，自認大半生風平浪靜。「淡泊名利，寧靜無為」是她的人生觀，讓她看待一切都怡然自得。雖然前後在報紙雜誌社等媒體工作多年，一九五五年也參加了「中國婦女寫作協會」，可能如她自己所言「個性沉默、內向，不擅交際」，多年來很少現身文壇活動。像她這樣一心執著於創作的人和其作品，在重視個人包裝、形象塑造，充斥各種行銷手法的出版紅海中，很容易會被湮沒遺忘。

然而，這位創作廣跨小說、散文、傳記、翻譯、兒童文學各領域，筆耕不輟達七十餘年的資深作家，冷月孤星，懸長空夜幕，環視今之文壇，可說是鳳毛麟角，珍稀罕見。在人們華服高軒、闊論清議之際，九三高齡的她，老樹春深更著花，一如往昔，正俯首案頭，筆尖不斷流淌出款款深情，如涓涓流水，在源遠流長的廣域，點點滴滴灌溉著每一寸土地。

感謝秀威資訊科技股份有限公司，在文學出版業益顯艱辛的此刻，奮力完成「畢璞全集」二十七冊的巨大工程。不但讓老讀者有「喜見故人」的驚奇感動，也讓年輕一代的讀者，有機會可以在快樂賞讀中，認識畢璞及其作品全貌。我們也希望透過文學經典這樣的再現與傳承，向這位永遠堅持創作的作家，表達我們由衷的尊崇與感謝之意。

民國一〇三年十二月

（封德屏：現任文訊雜誌社社長兼總編輯、臺灣文學發展基金會執行長、紀州庵文學森林館長。）

【推薦序二】

老來可喜話畢璞

吳宏一

一

上星期二（十月七日），我有事到《文訊》辦公室去。事畢，封德屏社長邀我去參觀她們蒐集珍藏的期刊。看到很多民國五、六十年前後風行文壇的文藝刊物，目前多已停刊，不勝嗟嘆。《暢流》、《自由青年》、《文星》等我投過搞、發表過創作的刊物不說，連一些當時發行不廣的小刊物，她們也多有蒐集。其用心之專、致力之勤，實在不能不令人讚嘆。於是我向她提起我高中以迄大學時期文學起步的一些往事，中間提到若干文藝刊物和若干文壇前輩對我的鼓勵和影響。其中特別提到我大學一年級，民國五十年的秋天，剛進入台大中文系讀書時所認識的一些前輩先進。像當時住在濟南路的紀弦，住在廈門街的余光中，住在南昌街菸酒公賣局宿舍的羅悟緣，住在安東市場旁的羅門、蓉子……我都曾經一一去走訪，謝謝他們採用或推薦過我的作品。過程歷歷在目，至今仍記憶猶新。比較特別的是，去新生南路夜訪覃子豪時，還遇見過魏子雲；去峨嵋街救國團舊址見程抱南、鄧禹平時，還順道去《公論報》探訪副刊主編畢璞……。

一提到畢璞，德屏立即接了話，說「畢璞全集」目前正編印中，問我願不願意為她「全集」寫個序言。我答：寫序不敢，但對我文學起步時曾經鼓勵或提攜過我的前輩，我非常樂意寫紀念性的文字。不過，我也同時表示，我與畢璞五十多年來，畢竟才見過兩三次面，她的作品我讀得並不多，要寫也得再讀讀她的生平著作，而且也要她還記得我，對往事有些共同的記憶才好。所以我建議，請德屏代問畢璞兩件事：一是她記不記得在我大一下學期（民國五十一年春），她和另一位女作家到台大校園參觀之事；二是她在主編《婦友》月刊期間，記不記得曾經約我寫過詩歌專欄。

德屏說好。第二日早上十點左右，畢璞來了電話，客氣寒暄之後，告訴我：她記得她和鍾麗珠早年曾到台大校園和我見過面，但對於《婦友》約我寫專欄之事，則毫無印象。她知道我沒有讀過她的作品集，說要寄兩三本來，又知道我怕她年老行動不便，改口說，要不然，幾天內如果我能抽空，就煩請德屏陪我去內湖看她，由她當面交給我，同時可以敘敘舊、聊聊天。

我當然贊成。我已退休，時間容易調配，只不知德屏事務繁忙，能不能抽出空暇。想不到與德屏聯絡後，當天下午，就由《文訊》編輯吳穎萍小姐聯絡好，約定十月十日下午三點一起去見畢璞。

二

十月十日國慶節，下午三點不到，我就如約搭文湖線捷運到葫洲站一號出口等。不久，德屏與穎萍來了。德屏領先，走幾分鐘路，到康寧老人安養中心去見畢璞。途中德屏說，畢璞雖然年逾九旬，行動有些不便，但能以歡樂的心情迎接老年，不與兒孫合住公寓，怕給家人帶來不便，所以獨居於此，雇請菲傭照顧，生活非常安適。我聽了，心裡也開始安適起來，覺得她是一個慈藹安詳而有智慧的長者。

見面之後，我更覺安適了。記得我第一次見到畢璞，是民國五十年的秋冬之際，在西門町附近康定路的一棟木造宿舍裡，居室比較狹窄；畢璞當時雖然親切招待，但總顯得態度拘謹。相隔五十三年，畢璞現在看起來，腰背有點彎駝，耳目有些不濟，但行動尚稱自如，面容聲音卻似乎數十年如一日，沒有什麼明顯的變化。如果要說有變化，那就是變得更樸實自然，沒有絲毫的窘迫拘謹之感。

由於德屏的善於營造氣氛、穿針引線，由於穎萍的沉默嫻靜，只做一個忠實的旁聽者，那天下午，我和畢璞有說有笑，談了不少往事，讓我恍如回到五十三年前的青春年代。那時候，我才十八歲，剛考上台大中文系，剛到陌生而充滿新鮮感的臺北，常投稿報刊雜誌，常拜訪前輩作家。有一天，我到西門町峨嵋街救國團去領新詩比賽得獎的獎金，順道去附近的《聯合報》和《公論報》社。我到《公論報》社問起副刊主編畢璞，說明我常有作品發表，就有人給了我她家的住址。距離報社不遠，在成都路、西門國小附近。那時候我年輕不懂事，大家也少用電話，所以就直接登門造訪了。見面時談話不多，記憶中，畢璞說過她先生也在《公論報》上班，她如何編副刊，還有她兒子正讀師大附中，希望將來也能考上台大等。辭別時，畢璞說了一句，聽說台大校園春天杜鵑花開得很盛很好看。我謹記這句話，所以第二年的春天，投稿信中附帶留言，歡迎她跟朋友來台大校園玩。就因為這樣，畢璞和鍾麗珠在民國五十一年的春季，相偕來參觀台大校園。

確切的日期記不得了。畢璞說渾哪一年她都不能確定。我翻開我隨身帶來送她的光啟版散文集《微波集》，指著一篇〈鄉愁〉後面標明的出處，民國五十一年四月二十七日發表於《公論副刊》。經此指認，畢璞稱讚我的記性和細心，而且她竟然也記起了當天逛傅園後，我請她們到福利社吃牛奶雪糕的往事。

很多人都說我記憶力強，但其實也常有模糊或疏忽之處。例如那一天下午談話當中，我提起雨中路過杭州南路巧遇《自由青年》主編呂天行，以及多年後我在西門町日新歌廳前再遇見他，聽他告訴我「驚天大祕密」的時候，確實的街道名稱，我就說得不清不楚，更糟糕的是，畢璞再次提起她主編《婦友》月刊的期間，真不記得邀我寫過專欄。一時間，我真無辭以對。當事人都這麼說了，我該怎麼解釋才好呢？好在我們在談話間，曾提及王璞、呼嘯等人，似乎又給了我重拾記憶的契機。

我私下告訴德屏，《婦友》確實有我寫過的詩歌專欄，雖然事忙只寫了幾期，但這些文章後來都曾收入我的《先秦文學導讀・詩辭歌賦》和《從詩歌史的觀點選讀古詩》等書中，白紙黑字，騙不了人的。會不會畢璞記錯，或如她所言不在她主編的期間別人約的稿呢？

那天晚上回家後，我開始查檢我舊書堆中的期刊，找不到《婦友》，卻找到了王璞主編的《新文藝》和呼嘯主編的《青年日報》副刊剪報。他們都曾約我寫過詩詞欣賞專欄，印象中有一個與《婦友》大約同時。尋檢結果，查出連載的時間，《新文藝》是民國七十一年，《青年日報》則是民國七十七年。到了十月十二日，再比對資料，我已經可以推定《婦友》刊登我詩歌專欄的時間，應該是在民國七十七年七、八月間。

十月十三日星期一中午，我打電話到《文訊》找德屏，她出差不在。我轉請秀卿代查，傍晚她回覆，已在《婦友》民國七十七年七月至十一月號，找到我所寫的〈古歌謠選講〉，當時的總編輯就是畢璞。事情至此告一段落。記憶中，是一次作家酒會邂逅時畢璞約我寫的。寫了幾期，因為事忙，又遇畢璞調離編務，所以專欄就停掉了。這本來就是小事一樁，無關宏旨，豁達的畢璞不會在乎這個的，只不過可以證明我也「老來可喜」，記憶尚可而已。

三

「老來可喜」，是畢璞當天送給我看的兩本書，其中一本散文集的書名，語出宋代詞人朱敦儒的〈念奴嬌〉詞。另外一本是短篇小說集，書名《有情世界》。根據書後所附的作品目錄，原來畢璞的作品集，已出三、四十本。她挑選這兩本送我看，應該有其用意吧。看《老來可喜》這本散文集，可知她的生平大概；看《有情世界》這本短篇小說集，則可知她的小說特色所在。初讀的印象，她的作品，無論是散文或小說，從來都不以技巧取勝，就像她的筆名一樣，是未經琢磨的玉石，內蘊光輝，表面卻樸實無華，然而在樸實無華之中，卻又表現出一個共同的主題。一言以蔽之，那就是「有情世界」。其中有親情、愛情、人情味以及生活中的情趣。因此，讀來特別溫馨感人，難怪我那罕讀文藝創作的妻子，也自稱是她的忠實讀者。

讀畢璞《老來可喜》這本散文集，可以從中窺見她早年生涯的若干側影，以及她自民國三十八年渡海來台以後的生活經歷。其中寫親情與友情，敘事中寓真情，雋永有味，誠摯而動人。寫懷才不遇的父親，寫遭逢離亂的家人，寫志趣相投的文友，娓娓道來，真是扣人心弦。

其中〈西門懷舊〉一篇，寫她康定路舊居的一些生活點滴，更讓我玩味再三。即使寫她身邊瑣事的小小感觸，寫愛書成癡，愛樂成癡，寫愛花愛樹，看山看天，也都能使我們讀者體會到「生命中偶得的美」，享受到「小小改變，大大歡樂」。「生命中偶得的美」和「小小改變，大大歡樂」，正是她文集中的篇名。我們還可以發現，身經離亂的畢璞，涉及對日抗戰、國共內戰的部分，著墨不多，多的是「此身雖在堪驚」，「老來可喜，是歷遍人間，諳知物外」。這也正是畢璞同一時代大多婦女作家的共同特色。

讀《有情世界》這本小說集，則可發現：畢璞散文中寫得比較少的愛情題材，都寫進小說裡了。畢璞說過，小說是她的最愛，因為可以滿足她的想像力。讀完這十六篇短篇小說，我們確實可以發現，她的小說採用寫實的手法，勾勒一些時代背景之外，重在探討人性，敘寫一些有情有義的故事。特別是愛情與親情之間的矛盾、衝突與和諧。小說中的人物和故事，有真有假，「真」的往往是根據她親身的經歷，「假」的是虛構，是運用想像，無中生有塑造出來的。她把它們揉合在一起，而且讓自己脫離現實世界，置身其中，成為小說中人。

因此，我讀畢璞的短篇小說，覺得有的近乎散文。尤其她寫的書中人物，大都是我們城鎮小市民日常身邊所見的男女老少，故事題材也大都是我們城鎮小市民幾十年來所共同面對的移民、出國、旅遊、探親等話題。或許可以這樣說，較之同時渡海來台的作家，畢璞寫的小說，罕有激情奇遇，缺少波瀾壯闊的場景，也沒有異乎尋常的角色，既沒有朱西甯、司馬中原筆下的鄉野氣息，也沒有白先勇筆下的沒落貴族，一切平平淡淡的，可是就在平淡之中，卻能給人親近溫馨之感。表面上看，她似乎不講求寫作技巧，但仔細觀察，她其實是寓絢爛於平淡。像〈生命共同體〉一篇，寫范士丹夫婦這對青梅竹馬的患難夫妻，到了老年還為要不要移民美國而引起衝突，高潮迭起，正不知作者要如何收場，這時卻見作者藉描寫范士丹的一些心理活動，利用廚房下麵一個小情節，就使小說有個圓滿的結局，而留有餘味。〈春夢無痕〉一篇，寫梅湘退休後，到香港旅遊，在半島酒店前香港文化中心，竟然遇見四十多年前四川求學時代的舊情人冠倫。四十多年來，由於人事變遷，兩岸隔絕，二人各自男婚女嫁，都已另組家庭，正不知作者要如何安排後來的情節發展，這時卻見作者利用梅湘的一段心理描寫，也就使小說有個出人意外而又合乎自然的結尾，不會予人突兀之感。這些例子，說明了作者並非不講表現藝術，只是她運用寫作技巧時，合乎自然，不見鑿痕而已。所以她的平淡自然，不只是平淡自然，而是別有繫人心處。

四

畢璞同時的新文藝作家，有三種人給我的印象特別深刻。一是軍中作家，以寫新詩和小說為主，強調創新和現代感；二是婦女作家，以寫散文為主，多藉身邊瑣事寫人間溫情；三是鄉土作家，以寫小說和遊記為主，反映鄉土意識與家國情懷。這是二十世紀五、六十年代前後臺灣新文藝發展史上的一大特色。這三類作家的風格，或宏壯，或優美，雖然成就不同，但套用王國維的話說，都自成高格，自有名句，境界雖有大小，卻不以是分優劣。因此有人嘲笑婦女作家多只能寫身邊瑣事和生活點滴，那是學文學的人不該有的外行話。

畢璞當然是所謂婦女作家，她寫的散文、小說，攏總說來，也果然多寫身邊瑣事，或者說，多藉身邊瑣事寫溫暖人間和有情世界。但她的眼中充滿愛，她的心中沒有恨，所以她的筆端流露出來的，每一篇作品都像春暉薰風，令人陶然欲醉；情感是真摯的，思想是健康的，真的適合所有不同階層的讀者。

一般而言，人老了，容易趨於保守，失之孤僻，可是畢璞到了老年，卻更開朗隨和，更為豁達，就像玉石，愈磨愈亮，愈有光輝。她特別欣賞宋代詞人朱敦儒的「老來可喜」那首〈念奴嬌〉詞。她很少全引，現在補錄如下：

老來可喜，是歷遍人間，諳知物外。
看透虛空，將恨海愁山，一時挼碎。
免被花迷，不為酒困，到處惺惺地。
飽來覓睡，睡起逢場作戲。

休說古往今來，乃翁心裡，沒許多般事。
也不蘄仙不佞佛，不學栖栖孔子。
懶共賢爭，從教他笑，如此只如此。
雜劇打了，戲衫脫與獃底。

朱敦儒由北宋入南宋，身經變亂，歷盡滄桑，到了晚年，勘破世態人情，不但主張不學栖栖皇皇的孔子，說什麼經世濟物，而且也認為道家說的成仙不死，佛家說的輪迴無生，都是虛妄的空談，不可採信。所以他自稱「乃翁」，說你老子懶與人爭，管它什麼古今是非，說人生在世，就像扮演一齣戲一樣，各演各的角色，逢場作戲可矣，何必惺惺作態，說什麼愁呀恨呀。一旦自己的戲份演完了，戲衫也就可以脫給別的傻瓜繼續去演了。這首詞表現的人生觀，雖然豁達，卻有些消極。這與畢璞的樂觀進取，對「有情世界」處處充滿關懷，是不相契的。我想畢璞喜愛它，應該只愛前面的幾句，所以她總不會引用全文，有斷章取義的意思吧。

畢璞《老來可喜》的自序中，說西方人把老年分成三個階段：從六十五歲到七十五歲是「初老」，從七十六歲到八十五歲是「老」，八十六歲以上是「老老」；又說「初老」的十年是人生最美好的黃金時期，不必每天按時上班，兒女都已長大離家，內外都沒有負擔，沒有工作壓力，智慧已經成熟，人生已有閱歷，身體健康也還可以，不妨與老伴去遊山玩水，或抽空去學習一些新知，以趕上時代。想做什麼就做什麼，豈非神仙一般。畢璞說得真好，我與內子現在正處於「初老」的神仙階段，也同樣覺得人間有情，處處充滿溫暖，這幾天讀畢璞的書，益發覺得「老來可喜」，可喜者三：老來讀畢璞《老來可喜》，一也；不久之後，可與老伴共讀「畢璞全集」，二也；從今立志寫自己不像傳記的傳記，彷彿回到自己的青春時期，三也。

民國一〇三年十月十五日初稿

（吳宏一：學者，作家，曾任臺灣大學中文系教授、香港中文大學中文系、香港城市大學中文、翻譯及語言學系講座教授，著有詩、散文、學術論著數十種。）

【自序】長溝流月去無聲——七十年筆墨生涯回顧

畢璞

「文書來生」這句話語意含糊，我始終不太明瞭它的真義。不過這卻是七十多年前一個相命師送給我的一句話。那次是母親找了一位相命師到家裡為全家人算命。我從小就反對迷信，痛恨怪力亂神，怎會相信相士的胡言呢？當時也許我年輕不懂，但他說我「文書來生」卻是貼切極了。果然，不久之後，我就開始走上爬格子之路，與書本筆墨結了不解緣，迄今七十年，此志不渝，也還不想放棄。

從童年開始我就是個小書迷。我的愛書，首先要感謝父親，他經常買書給我，從童話、兒童讀物到舊詩詞、新文藝等，讓我很早就從文字中認識這個花花世界。父親除了買書給我，還教我讀詩詞、對對聯、猜字謎等，可說是我在文學方面的啟蒙人。小學五年級時年輕的國文老師選了很多五四時代作家的作品給我們閱讀，欣賞多了，我對文學的愛好之心頓生，我的作文成績日進，得以經常「貼堂」（按：「貼堂」為粵語，即是把學生優良的作文、圖畫、勞作等掛在教室的牆壁上供同學們觀摩，以示鼓勵）。六年級時的國文老師是一位老學究，選了很多古文做教材，使我有機會汲取到不少古人的智慧與辭藻；這兩年的薰陶，我在不知不覺中變成了文學的死忠信徒。

上了初中，可以自己去逛書店了，當然大多數時間是看白書，有時也利用僅有的一點點零用錢去買書，以滿足自己的書癮。我看新文藝的散文、小說、翻譯小說、章回小說……簡直是博覽群書，卻生吞活剝，一知半解。初一下學期，學校舉行全校各年級作文比賽，小書迷的我得到了初一組的冠軍，獎品是一本書。同學們也送給我一個新綽號「大文豪」。上面提到高小時作文「貼堂」以及初一作文比賽第一名的事，無非是證明「小時了了，大未必佳」，更彰顯自己的不才。

高三時我曾經醞釀要寫一篇長篇小說，是關於浪子回頭的故事，可惜只開了個頭，後來便因戰亂而中斷，這是我除了繳交作文作業外，首次自己創作。

第一次正式對外投稿是民國三十二年在桂林。我把我們一家從澳門輾轉逃到粵西都城的艱辛歷程寫成一文，投寄《旅行雜誌》前身的《旅行便覽》，獲得刊出，信心大增，從此奠定了我一輩子的筆耕生涯。

來台以後，一則是為了興趣，一則也是為稻粱謀，我開始了我的爬格子歲月。早期以寫小說為主。那時年輕，喜歡幻想，想像力也豐富，覺得把一些虛構的人物（其實其中也有自己和身邊的人的影子）編出一則則不同的故事是一件很有趣的事。在這股原動力的推動下，從民國四十年左右寫到八十六年，除了不曾寫過長篇外（唉！宿願未償），我出版了兩本中篇小說、十四本短篇小說、兩本兒童故事。另外，我也寫散文、雜文、傳記，還翻譯過幾本英文小說。到民國一〇一年，我總共出版過四十種單行本，其中散文只有十二本，這當然是因為散文字數少，不容易結集成書之故。至於為什麼從民國八十六年之後我就沒有再寫小說，那是自覺年齡大了，想像力漸漸缺乏，對世間一切也逐漸看淡，心如止水，失去了編故事的浪漫情懷，就洗手不幹了。至於散文，是以我筆寫我心，心有所感，形之於筆墨，抒情遣性，樂事一樁也，為什麼放棄？因而不揣譾陋，堅持至今。慚愧的是，自始至終未能寫出一篇令自己滿意的作品。

為了全集的出版，我曾經花了不少時間把這批從民國四十五年到一百年間所出版的單行本四十種約略瀏覽了一遍，超過半世紀的時光，社會的變化何其的大：先看書本的外貌，從粗陋的印刷、拙劣的封面設計、錯誤百出的排字；到近年精美的包裝、新穎的編排，簡直是天淵之別。由此也可以看得出臺灣出版業的長足進步。再看書的內容：來台早期的懷鄉、對陌生土地的神奇感、言語不通的尷尬等；中期的孩子成長問題、留學潮、出國探親；到近期的移民、空巢期、第三代出生、親友相繼凋零……在在可以看得到歷史的脈絡，也等於半部臺灣現代史了。

坐在書桌前，看看案頭成堆成疊或新或舊的自己的作品，為之百感交集，真的是「長溝流月去無聲」，怎麼倏忽之間，七十年的「文書來生」歲月就像一把把細沙從我的指間偷偷溜走了呢？

本全集能夠順利出版，我首先要感謝秀威資訊科技股份有限公司宋政坤先生的玉成。特別感謝前台大中文系教授吳宏一先生、《文訊》雜誌社長兼總編輯封德屏女士慨允作序。更期待著讀者們不吝批評指教。

民國一〇三年十二月

目次

永恆的歌聲

在我的行篋中存著一張質料很壞的舊唱片，雖然它的紋路已被唱針磨得很平，它上面所貼的標籤也已模糊得看不清，但我仍珍藏著它，因為它是我一個敬愛的師長兼友人所灌的唱片，而我這位可敬的友人卻早已溘然長逝了。這一張唱片雖然因為我現在沒有唱機而聽不見它的聲音，可是我這位友人的雄亮的歌聲，卻永遠活在我的心中；夜闌人靜的時候，我往往要拿出這張唱片來把玩，就好像在憑吊我的友人一樣。

＊　＊

十年前，當我正在陪都重慶求學的時候；有一次，我參加一個朋友的宴會。那個宴會跟普通的喜慶筵席不同，它可以說是文人和藝術家們的一次大集會；那時，我因為時常寫點文藝東西投稿，認識了一些刊物的編者，硬給拖了去參加的。宴會中的氣氛熱鬧而輕鬆，筵席撤去以後，大家都提議要來點餘興，於是馬上有很多人被推出來表演。有清唱、有口技、有笑話、也有普通的歌唱，節目雖多而毫不精采，但卻是鬧哄哄的使人感到親切有趣。最後，有人請出一位瘦削的中年男子出來，主持人對眾宣佈說：

「諸位先生和女士，我現在給你們介紹一位臺灣籍的歌唱家陳福生先生，陳先生不但是一位音樂家，而且還是一位愛國的英雄，他的一生都在和日本鬼子戰鬥中，所以，他的歌聲也是充滿戰鬥性的；現在，讓我們替陳先生鼓掌吧！」主持人說完了就先鼓起掌來，人群中起了疏落落的幾下掌聲，還夾著一陣陣嘖嘖的私語；也許是由於大家對臺灣人沒有什麼認識，也許是這位臺籍音樂家外貌不揚吧！誰願意替他鼓掌呢？

這位音樂家默默地向大眾微微一鞠躬，清了清嗓子，就唱起來了，他唱的是〈滿江紅〉。想不到，他居然有著雄亮的男高音，而且唱得充滿感情，他唱到最後一句：「待從頭收拾舊山河，報祖國。」時，聲音顫抖，淚隨聲下，滿座的人被他的歌聲感動，想到錦繡河山已被敵人蹂躪大半，也都不禁唏噓不止。陳福生唱完了，又是微微一鞠躬；當他正要回座時，冷不提防的，掌聲如雷四起，大家紛紛要他「再來一個」，陳福生稍微猶豫了一下，便又站到原來的地方去，操著流利的國語對大家說：

「謝謝各位，我現在給大家唱〈嘉陵江上〉。」

這一次，他把這一首有著抑鬱而優美的旋律的獨唱曲唱得更為動人，他音色如金石，音量似洪鐘，使一向醉心音樂的我對他欽佩萬分，其他的人對他也另眼看待，這個宴會就在更多的掌聲中結束了。從此，我對這位臺籍音樂家有了深刻的印象。

那一年，快到暑假的時候，我接到一個尚在中學求學的同學的信，約我到她學校裡參觀遊藝會。在重慶那種酷熱的天氣中，我揮著汗擠在人叢裡看著一幕一幕精采的節目，突然的，我的眼睛亮起來，貼在布幕上的節目單現在正撕到一項獨唱，那上面寫的陳福生先生擔任，不正是那位臺籍音樂家的名字嗎？我興奮地告訴我的同學我很欣賞這個人的歌聲，我的同學聽了卻笑了起來，她說：

「那好極了，他就是我們的音樂教師呢！你要想認識他，我可以替你介紹。」

我們正在說著的時候，陳福生已站到台上來了；他仍是穿著那身半舊的西服，仍是那麼瘦削，仍是那樣不帶笑容而微微一鞠躬。今天他一共唱了三首歌，第一首仍是〈滿江紅〉；第二和第三兩首都是臺灣民歌，那兩首歌雖然我聽聽不懂也不怎麼好聽，然而他的歌聲是那麼嘹亮而動人，仍然是使我佩服不置。

遊藝會結束了以後，同學告訴我陳先生是一個很好的教師，對學生們親切得好像對自己的子弟一樣；他除了學校的鐘點以外，另外還收了幾個業餘的學生教授聲樂；她說，如果我願意，她可以介紹我去做他的學生。我一向醉心音樂，喜歡歌唱，可是我的父母卻希望我成為一個女作家，因此我上大學才選擇了中國文學系，然而我在課餘還是不會忘記天天練我的嗓子的，如今既然有這學習的好機會，我怎肯放棄？於是，在同學的介紹下，我就做了陳福生的學生。

我們的聲樂課程一星期內上三小時，連我在內共有五個學生，三個是女的，兩個是男的，全是各大學及中學的學生；陳先生教聲學不重理論而重實習，他主張唱歌要有真感情。我加入做他的學生以後，他對我表示滿意，他說我音質很好，就是音量不夠，不過他認為假如我學唱歌只是為了自己抒情而不是為了去表演的話，那是沒有關係的。

在我跟陳先生上課那一段時期中，我慢慢的發覺他不但是一個出色的音樂家，而且還是一個愛國者（現在我想起那次宴會中那個主持人的話了），他很注意時事，對一切募捐都從不後人。他對待我們雖然很親切很和靄，但經常卻是默默寡歡，很少看見他露出笑容；我知道他抱著憂國傷時之痛，不覺對他更加尊敬。

在他的五個學生中，陳先生似乎對我特別有好感，他一向不大愛說話，但有時也會與我聊幾句話，他曾經問過我的家庭狀況，也問過我的求學情形，他稱讚我聰明，稱讚我有良好的教養，他說我將來雖不會是一個成功的聲樂家，但卻會是一個出色的作家。陳先生這幾句話，當時曾使我對自己充滿信心，但今天我卻覺得太辜負他的期望了。

我記得有一天，我從他那裡下課回家，天正下著大雨，我來的時候沒有帶雨具，他門口附近又沒有人力車，我就冒著雨走出去。才走了幾步，陳先生提著一把雨傘從後面趕來，他氣吁吁的叫著：

「畢小姐，淋雨要生病的，我來送你回去。」他趕上我以後，又接著說：

「畢小姐，你不忙著回去吧，我請你吃咖啡去好不好？」

他這種突如其來的舉動頗使我覺得驚異，但因為他是我一向尊敬的老師，我想他一定是好意的，就答應了他。

我們在一家小咖啡館裡坐下來，外面的雨愈下愈大，咖啡館裡人很少，在幽暗的燈光下，情調很富詩意。陳先生呷了一口咖啡，稍微躊躇了一下，就望著我說：

「畢小姐，我今天的舉動你一定會感到我是十分的冒昧與唐突吧！但是，請你千萬不要誤會，我對你的邀請絕對跟普通男人追求女性的目的完全兩樣。當然，我們現在一起在這裡喝咖啡，第三者也許會發生誤會；不過，只要你對我沒有誤會，對其他的人我是不介意的。畢小姐，你明白我的意思嗎？」

「我明白。」我點了點頭說，但事實上我不明白他為什麼要說這些話。

「我已經是一個三十多歲的中年人了，」陳先生繼續說，「我漂泊半生，雖然我已把我的生命獻給了革命和音樂，但是在夜闌人靜的時候，我想到我那在遙遠的海島上受日敵蹂躪的白髮雙親和稚齡的弟妹，我的心便感到空虛與沈痛；我離開我的家鄉已經十幾年了，我不知道甚麼時候才能回去，所以我無法不憂鬱；你們一定覺得我從來不笑是十分古怪的一回事吧！畢小姐，你說是嗎？」

「自從遇見你以後，因為你長得太像我的妹妹了，以致我往往情不自禁的就把你當作妹妹看待。我不知道你對我的看法怎樣，我一直不敢對你表白，今天，我看見你冒雨回去，你想，我忍心讓我的妹妹受涼嗎？因此我就不顧一切的做出這樁傻事來了，畢小姐，你不會笑我吧！」

陳先生一口氣說完這一大段話，彷彿有點不好意思，就低下頭去只顧喝咖啡，清癯的臉上泛起了兩朵紅雲。我對這位中年音樂家感到異常的憐憫，就坦然的對他說：

「陳先生，假如你認為我有做你妹妹的資格，你就把我當作你的妹妹吧！海內存知已，天涯若比鄰，我們原來就是兄妹呀！」

我說完了這句話，陳先生似乎感到很安慰，他笑了笑說：

「謝謝你不見棄，畢小姐。我多麼高興我又有了一位這樣聰明美麗的妹妹，假如我家裡的妹妹能看見你，她不知會多喜歡你呵！」

陳先生說著臉色突然又變蒼白起來，同時嘆了一口氣說：

「唉！我的家，我多麼的想我的家呵！」

「陳先生，你不要難過，只要我們能夠打敗日本鬼子，你一定可以回到你的家鄉去的。臺灣，我想她一定是個很美麗的地方，我對她太陌生了，你可以告訴我一些有關臺灣的故事嗎？」我說。

「你說得對，臺灣對你們真是太陌生了，讓我來講一個故事給你們聽吧！」陳先生想了一想，便接著說：

「臺灣是一個美麗的海島，在那裡有終年不謝的花，四季長綠的樹，氣候溫和，物產豐饒，本來是一塊快樂的地方；可是，自從給日本鬼子割據了以後，這個美麗之島便籠罩上一層愁雲慘霧，人民從此過著亡國奴的生活。日本鬼子雖然用種種高壓手段來想滅絕我們的文化，但是島上有志的青年們都不願意接受日人的奴化教育，更不願意受異族的統治，他們紛紛的逃回國內去求學。在二十年前，臺灣南部有一個十六歲的農家孩子，他家裡很窮，在受了六年強迫性的日本國民教育以後，就沒有再升學，在家裡幫著父親種田。這個孩子雖然受的也是奴化教育，但他從小就很有國家民族的思想，他每次看到日本人欺負他的同胞，就覺得憤憤不平，他想：我們是中國人，為什麼要受日本人的統治呢？他家裡有一個曾進過中國私塾的祖父，老人家很疼愛他的孫子，晚上常常偷偷的教他認認中國字，因此，當他十六歲的時候，他已能閱讀普通的中文書籍了。同時，他仇恨日敵，傾向祖國的思想也與日俱增，自從有一天他目睹一個日本警察無理的毆傷了一個臺灣小販以後，他就決心逃回祖國去。在他祖父的支持下，他父親終於同意賣去一部分田地供他作旅費和一部分的學費，於是他就別了他親愛的家人，回到陌生的祖國來。他考進了一所中學，然而他所帶來的錢只夠他讀一個學期之用，他家裡又無法再接濟他，他只好過著工讀的日子，他當過擦鞋童，當過報童，也當過校工；由於他勤奮，他的學業成績很好，很得校中老師的愛護，在中學畢業以後，被保送進了免費的國立大學，他就依照自己的興趣，選讀音樂系。在大學時，很不幸的他接到家裡來信說祖父病逝了，祖父是幫助他成功的一個人，也是世界上最愛他的人，祖父的死，對於他真是個太重大的打擊。更不幸的是當他大學畢業之後，他正想靠工作賺點錢帶回家去接濟一下的時候，抗戰便爆發了，他和家鄉從此失去了聯絡。八年來，他到處流浪，以教授音樂為生，他雖然在他的學生中得到了不少溫情和安慰，然而他那淪為殖民地的家鄉與失卻聯繫的家人卻使他感到無限痛楚。」

陳先生說到這裡，聲音有點沙啞，似乎說不下去了。我不忍看他傷心難過，就對他說：

「陳先生，想不到你還有這麼一段奮鬥的光輝歷史，今天的成功，真不是偶然的，我們都應向你看齊呢！陳先生，你寬心吧！我們已捱了八年的苦，我相信勝利不久就會來臨的，那時你就可以重返美麗的故鄉了。」

這個時候，雨已停了，我謝了他相送的好意，就獨自回家去。

從這一天起，我和陳先生有了更深一步的瞭解，我和他已不是普通師生而是很知己的朋友了。

那一年的八月中旬，有一天當我正在陳先生那裡上課時，有一個遲到的同學氣咻咻的跑進來，他一進來就大聲的叫道：

「我們勝利了！日本人投降了！我們可以回家去了！」

大家聽了他的話，都高興得跳起來，紛紛圍著他問長問短。陳先生也一反平日沉默的態度，像瘋了似的從琴旁跳起身來，捉住那同學的兩臂問道：

「你的話是真的嗎？你從那裡知道的？」

「怎麼不是真的？滿街上的美軍都高興得在那裡大喊大嚷，街上的商店都紛紛在放爆竹了。好了，好了，我們八年的苦難過去了！」那同學一邊說一邊手舞足蹈的跳著舞；我們也都抑制不住狂喜的情緒在室內亂蹦亂跳起來，那活潑的樣子，真好像電影中那些美國孩子。

大家跳了一會，便都紛紛上街去加入街上歡樂的群眾隊伍，轉眼間室內只賸下我一人。我正也想出去時，忽然間我發現陳先生一個人坐在鋼琴旁邊垂淚；我不勝驚訝的走過去問他說：

「陳先生，你怎麼哭起來啦？這是個多麼高興的日子呵！」

陳先生看見我問他，很難為情的趕緊掏出手來擦著眼睛說：

「我太高興了，岫青，這是快樂的眼淚呵！你想，淪亡了五十年的老家得以光復，離別了十八年的親人將可以重見，這種喜悅真是曠世難逢，我覺得受了這八年的苦也是值得的哩！」

歇了一會他又接著說：

「岫青，今天晚上我請你去吃晚飯，慶祝我們抗戰的勝利如何？」

「不，讓我請你吧！孔子不是說過：有酒食，先生饌嗎？」我說。

我們一同到了市中心區，街上的群眾已完全被狂歡的情緒所籠罩著，爆竹聲震天價響，每一個人都好像吃醉了酒似的滿街上亂喊亂叫，還有那些天真的美國大兵坐在行駛得像蝸牛一樣慢的吉普車上，逢人便握手道賀，充份表現出異國的友情，這種種景象使得陳先生又忍不住因為太高興而流起淚來。

在一家四川小館子裡，我們叫了幾樣四川著名的小菜，還破例的一人要了一杯酒。陳先生舉杯對我說：

「來，我們為勝利乾杯吧！」說完了他一飲而盡。我是從來沒有喝過酒的，勉強喝了一口，覺得又苦又辣的，怪不好受，就把杯子放下。陳先生把我的酒拿過去，他說：

「岫青，你不能喝就不要喝吧，這一杯算是我為家鄉的光復而乾杯的。」說完了他又是一飲而盡。

這一夜陳先生的興緻好極了，他滔滔不絕的講他童年的事，他家鄉的一切以及他在祖國求學的情形；最後他還憧憬著將回到臺灣重見父母弟妹的喜悅，他說他要趁第一艘開往臺灣的船回去，當他提到要回去時，突然間人又變得憂鬱起了，他嘆了一口氣說：

「岫青，說不定過幾天我們就要分別了，誰知道以後還有相見的機會沒有呢？」

雖然我極力的安慰他說我將來一定要到臺灣去探視他，但他仍是那樣的抑鬱寡歡，於是我們就默默的離開了飯館，各自回去。唉！陳先生那一句無心的話，誰知竟成讖語？果然他在離開重慶以後，我們就無法再見面了。

陳先生是在九月下旬趁船回臺灣去的，在江邊送行的時候，他蒼白著臉一再吩咐我一定要和他通信，同時勉勵我不要忘了音樂。同年的十月，我也跟著父母回到故鄉去，兩年後，我在故鄉完成了我的大學階段；很遺憾的一件事就是我和陳先生分開了以後，我因為功課較忙，就把音樂丟開了。這兩年之間我和他，一直書信往來不絕，知道他在臺灣仍然在中學裡任音樂教員，同時也在電臺擔任教唱節目。可惜的是，他回到老家時，他的父母早已先後去世，妹妹也出嫁，只賸下兩個弟弟在家靠著一點薄田過活，家境冷落不堪。他受了這個刺激，曾經病倒過一個時期，好了以後，他來信說他對人生已完全看透，世上的一切都不是屬於自己的，他將以他的餘生全部貢獻給音樂和教育他的鄉人。

三十七年夏天，他寄了這張唱片給我，這張唱片一面是「滿江紅」，一面是「青天白日滿地紅」，都是他在電臺教唱時灌製的。他同時附了一封信給我說，他的身體已不甚好，恐怕是有病，不過他決不因此而停止教唱，他將唱到他咽下最後一口氣時。

我看了他的信，覺得很難過，同時預感一種不祥之兆，因為我家裡正好有一部唱機，我就天天的把他這張唱片拿來放，他的歌聲洪亮如昔，仍是那種充滿熱情的音調，每次一聽到這張唱片，就彷彿看到他本人一樣。那時我已在一個出版社工作，很多次想到臺灣去探望陳先生一下，但因為工作的關係，始終沒有成行。

就在這一年的冬天，我接到陳先生在醫院裡寫給我的信，字跡潦草不堪，約略說他得胃病很久，現已進入嚴重階段，自知不起，此信算是和我訣別，希望我繼續為音樂為文學而努力。讀了這一封信，彷彿看到陳先生在病床上掙扎的樣子，我背上起了寒顫，不禁流下淚來，連忙寄了一封航空信去慰問他，可是這一封信一直沒有得到回信，我知道陳先生可能已離開人世了。

到了三十八年的夏天，由於共匪倡亂，我真的有機會到了臺灣，可是，我已無法見到我這位可敬愛的師友；在初到臺灣的一段時期裡，我的心是十分難過的。後來，在一個偶然的機會裡，我認識了一個音樂界的朋友，他和陳先生交情很深；從他的口裡我不但證實了陳先生的死訊，而且又知道了一點關於陳先生內心的祕密，而這點祕密竟又與我有關，更令我痛心不已。

原來，陳先生的死除了因為他平日教學太過認真，以致壞了自己的健康以外；在他抱病的時候，還經常到部隊裡去勞軍，他的歌聲伴著他的足跡走遍寶島每一個角落，直到他進醫院前為止。他日常的生活刻苦自勵，始終獨身不娶，也從來不與異性交遊；友人們探聽他的原因，他說一則是他已獻身音樂，無暇顧及兒女私情，二則他已找到一個很知已的女弟子，兩人心靈相通便可，不必像世俗的談情說愛。陳先生死後蕭條，只依照臺灣一般習慣火葬了事；這位一生奮鬥的音樂家除了留下一張他的灌音唱片以外，就一無所有了。

* *

陳先生死了，然而他偉大的精神，雄亮的歌聲以及對我的愛心卻是永遠不滅的，他的偉大的精神和雄亮的歌聲將永遠活在我的心中。

小鎮之春

這是一個美麗的小鎮，潺湲的小河繞著它一年四季不息的流著。鎮後有小山，山下有松林，鎮上的屋子都建在山腳的松林邊，小河流過每家屋子的門前，跨過河上的小橋，就是鐵路，坐火車可到城市裡去。鎮上的居民很少，可是大家都安居樂業，他們的生活安靜得像那條小河一樣。

是春天了，河水綠盈盈的波光照人，松林裡的一些野花都燦爛的開放著，溫柔的陽光照遍了大地，更照進鎮上一間小樓房裡。這是一家成人婦女補習班，老師李湘雯——一個丰神俊逸，年約三十左右的淡裝女子，正在教一群年歲參差不齊的婦女認字。這時已經是下午五時了，李湘雯放下手上的粉筆，對她那十幾個學生說：「同學們，你們今天的成績很好，我感到十分愉快，現在時間到了，你們回家去吧！明天再見！」於是她的學生們一個一個的都站起來，魚貫地跟她們的老師鞠躬說再見，然後一個個都走了。這些學生之中，有十多歲的小姑娘，也有三四十歲的中年婦人；她們都是本省婦女，小時沒有入學，一個字都不認得，她們加入了李湘雯所辦的婦女識字班，都很起勁的學習，現在她們不但已能流利地講國語，而且已認識了不少的字。由於她們的用功好學，使得做老師的很感興奮，她目送著她們的背影，輕輕地呼了一口氣，她感覺到自己的工作很有意義，甚至比當中學教師時更愉快。

學生都走光了，湘雯把教室裡的窗戶都關好，然後走出來把門反鎖著，踏著輕快的步子回家，她沿著河邊慢慢的走回家時，不禁想起了一年多以前的往事。

一年多以前，湘雯在省都一家中學裡當教員；她十分熱愛她的工作，她把自己全部的時間甚至她的全部生命都奉獻給她的工作，而且立志抱定獨身主義，以教育為她的終身事業，因此她雖已到了廿八九歲，還沒有一個較親近的男朋友。

不幸的是，她因為辛勞過度，在學期終結時，竟發現自己染上了初期的肺病，醫生要她休息，學校當局體念她平日的辛勞與成績，給了她一筆醫藥費；好心的同事更為她在這風光明媚的小鎮上賃了一間小屋給她休養病體，僱了一個本地小女孩來服侍她，並且替她介紹了那鎮上唯一的醫生唐廼中，天天來給她打針。

她所住的小房子位於鎮的盡頭，前臨小河，後枕松林，環境十分幽雅。湘雯住在那裡，每天除了吃藥進補，睡覺散步，別無所事，生活異常單調；雖然她的同事們常常來看她，但她的心情卻感到十分苦悶。因為湘雯從小就失去父母，靠她的叔父養大成人，這次到臺灣來，是她獨自隨同學前來的，在這裡一人也沒有，在病中不免感覺到孤單，她為自己的病很感煩惱，不肯放心休養，因此病狀始終沒有什麼起色。

有一天，那個天天來給她打針的唐醫生縐著眉對她說：

「小姐，你的病到現在還沒有起色，我想這是由於你心境不好之故吧！你的病還淺，只要你能寬心，很快就會痊癒的。我站在醫生的立場上勸告你，你快樂起來吧！」

由於唐醫生這番苦口婆心的勸告，湘雯不由得感動起來；這一個多月以來，唐醫生雖然天天來給她打針，但她因為心境不好，一直沒有對他注意，今天她方才注意到這個頭髮斑白，個子高大，皮膚黝黑而丰度高貴的醫生竟是如此的和靄可親，心裡不由得一陣感動。她微笑了一下，對唐醫生說：

「醫生，謝謝你的關心！其實我也沒有什麼心事，只是自己心裡老是覺得煩躁，沒有辦法高興起來就是。」

「那麼你多多的出來走動，多做一些你所高興做的事，不要整天悶在家裡，就不會煩惱了，如果你有興趣的話，我是歡迎你到我家裡去玩的。」

經過這一次談話之後，李湘雯對唐醫生稍稍發生了一些好感；以前她一向以為他是個本地鄉下醫生，不會有什麼醫術的，但自從唐醫生對她這樣表示關懷以後，她才發現他的的確確是個仁心仁術的醫師，而且是一個很有修養很有風趣的人；因此，她和唐醫生的友誼也開始建立起來，兩人見了面總是有說有笑的。

那是中秋的前夕，唐迺中醫生照例到李湘雯家替她打針。打過針以後，唐醫生對湘雯說：

「明天是中秋節，我不願意我的病人孤獨而憂鬱地渡過良宵；不知你可高興到我家裡去吃一頓簡單的晚餐嗎？」

「我做病人的還沒有向醫師表示敬意，怎好意思讓醫生請客呢？」湘雯說。

「假如你覺得不好意思的話，等你完全病好以後，你再請我吧！我是絕對不客氣的。」

談話就在一陣哈哈的笑聲中結束了。第二天黃昏時，唐醫生來替湘雯打過針以後，就帶湘雯到他家裡去。一路上，許多居民都在門前擺了酒席準備燒香拜神歡渡佳節，他們看見唐醫生經過，都搶著說：「醫生，來我家吃飯呀！」唐醫生笑著對他們說：「不，謝謝你們，今天我家裡有客呢！」於是，那些人的日光使都集中在湘雯身上，露出敬慕的意思，湘雯覺得怪難為情的，只好對他們笑笑。

當他們跑到小河轉彎的地方，唐醫生指著一幢背河而築的灰色小洋房對湘雯說：

「這就是我的診所兼住宅。」說著他引湘雯進去，湘雯看見門口掛著「唐內科醫院」的招牌，還是地道的本省風味呢！進了門是候診室、掛號處和配藥室，候診室進去左邊是診症室，右邊是個小客廳；因為那天是過節，冷清清的一個病人也沒有。唐醫生引著湘雯穿過通道，一直進到另一個客廳去，原來裡面布置得異常講究，鋪著地毯，還有鋼琴和沙發，舒適而華麗，和外面完全不同，使得湘雯心裡驚叫起來。唐醫生把當中一面落地大窗推開，微笑著對湘雯說：

「李小姐，請到這外面來坐吧！這裡的空氣較好一點。」

湘雯跟著唐醫生走出去，這一下她真的驚異得叫起來了。這是一個半圓形的露臺，雅緻地布置著幾張籐的沙發，露臺下面是一個小花園，花園裡種著好幾種花卉和幾叢灌木，雖然不是萬紫千紅，但卻別有天然的韻緻。最別緻的的一件事就是這個花園沒有圍牆，只圍著短短的竹籬，竹籬外就是小河，籬門外河岸邊鋪有幾級石階，還泊著一隻小艇呢！

當湘雯呆呆地看著這美麗的庭院時，唐醫生也是一言不發，微笑地站在她旁邊。後來還是湘雯先說：

「唐醫生，想不到你還是個雅人！把一個家布置得這麼可愛，你的公館真是鎮上最漂亮的房子呢！」

「謝謝你的誇獎，小姐，請坐吧！」唐醫生說。

「唐太太呢？怎麼不請她來坐？」湘雯說。

「抱歉得很！我至今還是個獨身者。和我住在一起的，只有一個老僕替我燒飯，一個小孩供使喚；另外有一位護士小姐白天來做我的助手，今天她放假回去了。」

「哦！」湘雯應了一聲，心裡不免對這寂寞的中年人發生同情。

那天晚上他們兩人共同享受了一頓很精美的晚餐，湘雯覺得她自從生病以來從來沒有過這樣好的胃口。

飯後，月光如水，唐醫生興緻勃勃，請湘雯同去划船，他們駕著一葉小舟，飄浮在月光下的小河上，兩人都覺得舒服極了。唐醫生告訴湘雯，他在故鄉時是個很有名氣的醫生。因為他沒有負擔，所以積蓄不少；光復後，他前來本省觀光，在一個偶然的機會裡他到這小鎮上玩，他愛上這裡的風光，而且因為這裡連一個醫生都沒有，他覺得應該在這裡替和善的鄉人服務，於是他就買了河邊這一塊地，建造了這一間房子，在此地定居下來。八年來他雖然把家裡布置這樣講究，但是沒有人和他共享，他的心是十分寂寞的。

聽了唐醫生這番話，湘雯覺得他們的身世有點相同，因此，自從這一次月下泛舟之後，他們的友誼就與日俱進了。

奇跡似地，湘雯自從和唐醫生交朋友以後，她的心情就開朗起來，她不再抑鬱苦悶，她的病也漸漸的好轉。這不獨她自己高興，來探望她的同事和學生也高興，而唐醫生更是高興得如同自己病癒一樣。

在她健康情形日有進步的期間，她和唐醫生的來往也愈頻繁。天氣好的時候，他們幾乎每晚都在河上泛舟，如果碰到有風雨的黃昏，他們就坐在唐醫生那間舒適的起居室裡，不是下棋就是聽唐醫生彈奏鋼琴或說故事，唐醫生不但彈得一手好鋼琴，而且還很有說話的天才，湘雯覺得只要和唐醫生在一起就絕對不會感到寂寞，她覺得人生從來沒有如此有意義過。

是一個微雨的黃昏，這已是湘雯來此養病半年後的事了。湘雯又坐在唐醫生的起居室裡聽他彈鋼琴，她覺得唐醫生今夜的神色有點憂鬱，濃黑的雙眉緊鎖著，似有無限心事。忽地，唐醫生把鋼琴關起，站起來說：

「我彈不下去了，我來說故事吧！讓我先拿一樣東西給你看。」說著，唐醫生跑到他樓上的寢室去拿了一個銀製的相架下來。他把這個相架拿到湘雯跟前，對湘雯說：

「你看，這像誰？」

湘雯一看，照片裡是一個妙齡女郎的半身像，穿著過時的服裝，似乎不是最近攝的，她面目生得很清秀，很嬌小，沒有經過電燙的黑髮自然垂在肩頭，顯得清麗絕俗。湘雯問：

「是你的姊妹嗎？不很像你，但是頂漂亮的。」

「怎會像我？我就是說她像你呢！你要聽我的故事嗎？」唐醫生點起他的烟斗，就往下說：

「這少女長得和你一模一樣，也和你一樣的聰明，多愁與善病。她是我童年的伴侶，我們一塊兒長大，一塊兒讀書，我愛她，她也愛我，因此我們在中學畢業時就訂婚了，我們是準備大學畢業後就結婚的。我們一同考上大學，她選修文學，我選修音樂，在頭一年裡，我們一同渡過了無數有詩意而值得紀念的日子，不幸，在第二學年時，她患肺炎，一下子就死了。我哭，我恨，我發誓終身不結婚，我放棄了一年多的音樂學分改進醫學院，我要做醫生來挽救無辜的病人，我的愛人被病魔奪去，我不願別人的愛人也被病魔奪去，因此我努力學醫。我的成績不錯，我還在美國上了幾年課，行醫以來，的確也曾救活了不少病人，我的事業是成功了，但我的生命是空虛的，她死後，二十五年來，我不接近任何女人，因為我忘不了她。自從遇見你以後，因為你太像她了，我平靜的生命又起了波浪，我彷彿看到她復活了。我的生命因為你而有了起色，我看見你就感到快樂，這次我不能再失去你了，李小姐，湘雯，你願意永遠和我在一起嗎？」

唐醫生一口氣說完了他的話，湘雯竟被感動得泣不成聲。十年來，她也會堅強地拒絕過幾個男子的愛；這次她遇到這個身軀壯偉，富有男性美，但頭髮卻因憂鬱而變得斑白的中年醫生，竟覺得無法拒抗他的魅力。她開始為自己孤獨的生涯感到惶惑，她覺得需要人愛護她陪伴她，因此，在她聽了唐醫生這一段動人的往事之後，她獨身主義的思想完全瓦解了，她的哭正不知交織著什麼滋味呢！

唐醫生在第一眼發現湘雯是如此的酷肖他死去的愛人時，他便覺得自己愛上了她。這時他看見湘雯沒有生氣的表示，他知道她默許了，於是他走過來，輕輕的拍著她的肩頭說：

「湘雯，你答應我嗎？不要哭了！」

湘雯沒有說話，她把頭埋在唐醫生的懷裡，益發哭個不停。唐醫生溫柔地摟著她，撫著她的頭髮，這樣他便感到十分滿足了。中年人的戀愛是溫和輕淡的，他們不像青年人那樣有著火般的熱情，他們需要的是精神上的契合。

去年的春天，湘雯的病完全好了。她經過唐醫生細心的調治和愛情的灌溉，健康比以前更加良好，她的臉頰露出紅色，體態也比以前豐腴，彷彿變得更年輕了。就在這個時期，唐醫生向她提出求婚，她就答應了。

他們的結婚在小鎮上真是一件大事哩！唐醫生平日樂善好施，對於貧苦的病人從不收費，因此全鎮的居民無不愛戴他，這次他們看見唐醫生找到這麼賢惠而漂亮的太太，都為他高興。他們結婚那天，除了湘雯的同事學生以及唐醫生的同業朋友以外，幾乎全鎮的居民都參加，熱鬧得無以復加，一向寂靜的小鎮，平添了不少喜氣，也使得小鎮的春天更加燦爛起來。

婚後，唐醫生主張湘雯要多多休養，他說小鎮空氣清新，適合於湘雯病後的身體，反對她回到城市去教書，因此湘雯就把學校的職務辭了。後來她又覺得這樣閒著不很應該，於是她想出了開設成年婦女識字班這個主意。她在鎮上租了一層小樓，買了幾副桌椅就招起學生來，起初學生不很多，但由於湘雯的和靄可親，教授得法，學生便慢慢多起來。她不但教她們講國語和識字，她還教她們縫紉、烹飪、治家育兒和衛生常識，她提高了她們的生活水準，鎮上的居民無不對她夫婦倆歌功頌德，十分尊敬。

＊　＊

湘雯一邊走，一邊回憶著往事，不覺便已到家。她走進起居室，唐醫生已經安詳地坐在那邊抽著烟斗等她了。

「雯，今天累不累？」她每天回家，唐醫生總要這樣問她的。

「不，一點也不累，我精神好極了。你今天忙嗎？病人多不多？」湘雯也一定這樣回問著。

「不忙，今天只有兩三個病人，我彈了一下午的鋼琴哩！」唐醫生取出嘴裡的烟斗，凝視著湘雯說：

「雯，你愈來愈標緻了！你比我初看見你時胖了一點，臉色也紅潤了，真可愛極啦！」

「如果你說的不是恭維我的話，那我該謝謝我的醫生才對呢！如果不是你的醫治，我會有今天嗎？」

環著小鎮的小河靜靜的流著，百花盛開，春色正濃，在這美麗的小鎮上，春天將為了這一對樂善好施的夫婦而長駐著。

秋戀

不久以前，我忽然動了學畫的念頭，就請一位美術界的朋友給我介紹老師。我的朋友想了一會兒，對我說：

「我就介紹一位女畫家給你吧！彼此都是女的，在研討上也比較方便些。這位女士所作的畫，樸素嫻雅，一如其人，我想你一定喜歡她的。」

於是，在一個涼快的早晨，我的朋友帶我去會見了那位畫家凌霄女士。

凌女士的畫室就在川端橋畔，那是一幢日式小房子，門前有個小花圃，環境十分幽雅，我的朋友輕輕地在門上叩了兩下，很快就有一個眉清目秀的臺灣女孩來開門，我的朋友顯然是常常來的，他不待通報，就領我進去了。進了門就是客廳，打掃得一塵不染的光滑地板上，當中放著一張黑色的小几，上面舖著繡花的桌布，放著一小瓶雛菊；靠牆的地方擺了幾隻杏黃色的沙發，牆角一張高几上供了一盆古松，四壁掛了幾幅中國字畫，氣氛寧靜高雅，使我不期而然的對它的主人有了好感。

我的朋友進了客廳，就喊：

「凌霄，有客人來看你了。」

「請進來坐吧！」裡面一個清脆的聲音說。

朋友把我領進畫室裡，我看見一個身段苗條穿著淡灰色旗袍的女子在微笑著迎接我們。她的秀髮未經電燙，自然地披在肩上，面色有些蒼白，除了擦了淡淡的脣紅外，她是完全沒有化過妝的，她不能算很漂亮，但是神采飄逸，風度高雅，我朋友對她的評語是不錯的。朋友給我們介紹了以後，她就很親熱的招呼我坐，並且很謙遜的對我說她不敢以老師自居，不過她喜歡和我做朋友，一同研究美術。

這時我細細的打量凌女士的畫室，這裡跟客廳又是另外一種風味，室內兩面都是落地大玻璃窗，窗外川端橋附近的景色，和淡水河上的風光都一覽無遺。畫室裡布置得很簡單，一張書桌，一個書櫥，幾張椅子以外就是一個畫架。我站到畫架前一看，畫裡畫著的是一道有著三個圓拱的橋，橋下流著清澈的河水，河畔一片草原，河邊的石塊上蹲著幾個臨流洗衣的村女，橋側站著兩株樹，黃葉蕭蕭，還是秋天的景色呢！這幅畫已完成十之八九了，色彩艷麗，運筆自然，布局另具匠心，秋天的意味躍然紙上，真是一幅傑作。我覺得景色很稔熟，似乎在什麼地方見過，但又想不出來，我的朋友看見我在發呆，就走過來跟我說：「你不記得嗎？這是桂林的花橋呀！」

我恍然大悟地「哦」了一聲，我的朋友又跟凌女士說：「凌霄，她在抗戰時期也在桂林待過，她是學文學的，你們兩人可以大談桂林風景啦！」

凌女士聽她這樣說，似乎大感興趣，立刻就和我談起桂林的一切；我一向對桂林是十分懷念的，一經有人和我談起，也就滔滔不絕的談起來，我們一談就談了好久，等我的朋友催我走時，我發現他所扔的香煙屁股已把烟灰缸塞的滿滿的了。

過了兩天，我便正式執弟子禮，每天跟著凌女士學畫。我以前雖然沒有正式學過畫，但我卻很喜歡美術，自己亂繪過不少人像和風景。凌女士看見我一兩幅作品以後，她說我很有天份，就是筆法太亂，只要肯下一點功夫，前途是很有希望的，因此她免了要我作素描等的基本練習，一開頭就讓我寫生。

開頭的時候我就在她的畫室裡臨窗描繪川端橋畔的景色；過了幾天，凌女士便和我到外邊寫生去，我們去北投、去草山、去碧潭、去淡水、去烏來，我寫畫她也寫畫，日子過得快樂得很，在她的指導下，我的畫的確是有點進步了。

漸漸的我發現她對黃色和灰色有特別的愛好，她作畫很喜歡用黃色來加強秋天的意境，自然她配色配得很成功的。她穿的衣服多數是淺灰色的，有時配上鵝黃或咖啡或淺綠的毛線衫，顯得清麗絕俗，我會私下譽她為秋之女神。

有一天我問她是不是很喜歡秋天，她說她不但喜歡秋天，而且她的生命已與秋天同化了；她說這話的時候，眉梢眼角流露出無限憂鬱，使我不敢再說下去。

凌霄女士的年紀已是三十出頭了，以她生得這樣綽約多姿，為什麼還是小姑獨處呢？即使她以繪事為重，不願結婚，但是為什麼連一個較為接近的男友都沒有呢？她朋友雖然很多，但都是美術界的同道，沒有特別交情的，她的心寂寞嗎？她對秋天有特別的愛好，是不是傷心人別有懷抱呢？我很同情她，又不敢多問。

前幾天，我那個朋友來畫室看我們，他看見了我的畫，除了大大的稱讚一番外，他對凌女士說：

「凌霄，你的畫展什麼時候舉行呀？你看，你的高足已經有了這樣的成就，你做老師的還不把你的作品拿出來給大家欣賞，真太不應該了！」

我說：「凌老師要開畫展，這真是做學生的光榮呢！不過，除了現在你每天所繪的以外，我還沒有正式的看過凌老師的作品呢！不知凌老師可否給我看看？」我的朋友聽了我的話就說：「凌霄，你那套桂林山水拿出來讓她欣賞吧！也好讓她學習。」

凌女士微微的皺了一下眉頭，對我說：

「這些畫我都已經收起來了，明天我再拿出來給你看吧！你不要聽他胡說，我那裡有資格開畫展呢？」

第二天，我懷著緊張的心情走進了凌女士的畫室，我看見畫室裡多了一個很精緻的樟木箱子；凌女士穿著一件銀灰色的緞質的睡袍，秀髮披散在背後，顯得異常年輕；我禁不住脫口稱讚她說：「凌老師，你好漂亮！我覺得你簡直是秋之女神呢！」

凌女士微微的笑了笑說：「算了吧！別給我高帽子戴，三十幾歲的人了，還漂亮什麼的？」說著，她打開樟木箱子，搬出一幅與箱子面積一樣大小，鑲著金框的油畫來，慎重地擱在桌上，一面對我說：「來看呀！」

我走近一看，只見畫面是一道碧綠清澈的河流，河的對面是灰綠色的山峯，削壁巉崖之間長著矮矮的松樹，河上泛著漁舟，漁翁側臥船上，船頭站著一隻白色的鷺鷥，畫的邊上露出半棵樹，黃葉蕭疏，飄墜河面，顯出秋意。這幅畫的筆法沒有凌女士的圓熟，但構圖及意境卻是上乘的，凌霄對我說：

「你認得這個地方嗎？」

「這是灕江，我怎麼不認得呢？」我說。

「這是我十年前的作品，現在看起來，實在幼稚得很呢！」凌女士說著又去拿第二幅來，我去看看箱子，只見滿滿裝著的都是畫，我說我來幫你搬吧！說著我把箱裡所有的畫都搬出來，數數看一共是九幅，每一幅都鑲著金框，畫的都是桂林風景。除了剛才看的一張是灕江的風景以外，第二張是月牙山，第三張是象鼻山，第四張是七星岩，第五張是獨秀峯，第六張是陽朔，第七張是興安的杜鵑花，第八張是湘灕分流，第九張的是桂林麗獅下路過去的一條小河，合起那張剛剛完成的花橋，一共便是十幅桂林山水了。這十幅畫一幅比一幅畫得精彩，一幅比一幅畫得圓熟，但是設色卻有著同一的風格，而且畫的都是秋天的景色。看了這些畫之後，我除了對凌霄更加欽佩以外，心中更起了一個疑團：凌霄為何這樣愛好秋天？她不但每一幅畫都畫的是秋天，而且連她的人都像是秋之化身，難道她的身世與秋天有什麼關係麼？

心裡懷著這個疑團，第二天我便向我的朋友提出來。朋友聽了我的話便笑著說：

「你好厲害，和凌霄相處了不久，便看出了她的特點，你真可說是個女福爾摩斯呢！不錯，凌霄的確是有著一段傷心史的。讓我來告訴你，也可以做你寫小說的材料。不過，你拿到了稿費可要請我吃一頓呵！」於是，我的朋友點起了一枝香煙，開始講述凌霄的故事：

十年前，凌霄是桂林一間藝術學校美術系的學生，她生性沉默好學，常常獨自到郊外去寫生。有一天正是初秋時分，當她正在聚精會神的坐在灕江畔對著碧綠的江水作畫時，她聽見背後有人在講話：

「畫得太好了！小姐真於一位了不起的天才！」

凌霄回過頭去一看，看見是一個高大的青年正含笑的看著自己，他身上也背著一副畫架和一個畫箱，和自己正是同道呢！凌霄有點不高興的說：

「你這位先生，自己不去作畫，卻在這裡偷看人家的，太不應該了！」

「真對不起！是因為小姐的畫太好了，吸引了我的注意，所以我已忘記了我也是來寫生的。」

那青年說著，把畫架放下，就坐在凌霄的旁邊，開始準備作畫起來，一面又說著：

「我坐這裡您不介意吧！」

「這裡又不是我的地方，我怎能干涉你呢？」凌霄說著忍不住笑起來了。

那一天，當凌霄收拾好畫具要回家去時，她發現那畫家所選的景物和自己的完全一樣，但畫得比自己的好得多，使她不禁深深的佩服起來。兩人交談的結果，凌霄知道這位畫家的名字叫李夢雲。

從此以後，凌霄和李夢雲便成了好朋友，每逢出外寫生，他們總是在一起，在李夢雲的指導下，凌霄的畫藝就日益進步。當時，李夢雲是一位年輕英俊的畫家，凌霄是一個青春美貌的美術學生，在多次接觸的結果，極自然的兩人便互相愛上。

他們那段時期的羅曼史才真令人羨煞呢！他們兩人朝夕攜手同遊於青山綠水之中，桂林近郊的名勝以及興安、陽朔等地全都有了他們的踪跡。昨天凌霄給你看的那些畫，就有一部分是那時寫生的成績，有一部分則是她後來憑記憶畫出來的。

當他們快樂地渡過了將近一年神仙似的光陰之後，他們的愛情已達到了飽和點，當他們計畫著要結婚時，不幸湘桂戰事卻發生了。那就是民國三十三年的秋天，湖南失守，日軍進迫桂境，桂林的居民紛紛疏散，凌霄的學校也準備撤退到重慶去。

李夢雲是個熱血的青年，他對凌霄說：

「匈奴未滅，何以家為？國家大局這樣危怠，我們還是把結婚的計畫延遲下來吧！你先跟著學校到重慶去，我要到前線去做點有意義的工作，我要把前線的情形畫出來，給後方的民眾知道戰士們的英勇和困苦，等我的工作完成了，我再到重慶找你吧！」

於是凌霄就和李夢雲分別了。可憐的是，這次分別之後，他們便永遠沒有機會再見面，因為李夢雲到了前線不久，便不幸被砲彈打中，受重傷死去。他們認識的時候是秋天，分別的時候是秋天，這一對忠實的戀人相處了不過一年光景，死神——也可說是戰神——便把他們拆散了。

李夢雲死後，凌霄的悲痛情形實在無法形容，她整整為他穿了一年的喪服，除了黑衣以外，別的衣服都不肯穿，除了作畫以外，別的活動她都不參加。她把自己整天關在屋子裡，不言不笑，彷彿她整個生命已被李夢雲帶走了似的，隨便其他的朋友怎樣苦勸也不肯聽。

抗戰勝利後，她也畢業了；由於朋友們的介紹，她到上海一家中學裡當美術教員。四年前她又來到臺灣，她在藝術上雖然已有不少的成就，但因為她的不願意出風頭和不願意交朋友，知道她的天才的人很少。

我的朋友說到這裡頓了一頓，我對他說：

「凌霄女士的故事固然很動人，但是你為什麼知道得這麼詳細呢？是她告訴你的麼？」

「她才不會告訴我呢！這個故事她是絕對不會告訴任何人的，她只是把它深深的埋在心底。因為他們的相逢在秋天，分離也在秋天，所以她對秋天特別敏感，同時因為她的個性沉默恬靜，所以她的為人也像秋天。自從李夢雲死後，每逢秋天她就變得更沉默了；來臺以後，每年的秋天她就憑著記憶描出一幅桂林的風景，以作紀念，到如今這些桂林風景已積有十幅，其他的作品也不少。所以我和一些朋友們都勸她舉行畫展，但她認為自己的作品還不夠成熟，而且件數不多，所以她始終不肯答應，現在你是凌霄的得意高足和知己朋友了，你該怎樣鼓勵她來完成這個畫展才對呢？」

「我跟她認識不久，怎會有這種力量？倒是你對她的情形知道得這樣清楚，你必定是她的好朋友，了還是由你來鼓勵她有效吧！」我說。

「得了，得了，我的好小姐，別挖苦我了！我如果夠得上是凌霄的好朋友，那才幸福呢？我之所以這樣清楚她的往事，那是因為我是李夢雲的朋友呀！你還不知道呢，自從李夢雲死後，凌霄顯得多麼的堅貞不渝，除了不得已以外，她是不和任何男人講話的。你想，她是這麼漂亮而又多才多藝的小姐，為什麼到現在再也沒有愛人，就是因為她冷若冰霜的態度，拒人於千里之外呀！至於我因為沒有那種心，所以她對我還好，不過我和她之間也是除了藝術之外不談別事的。」

我的朋友說完了，長長的透了一口氣，他點起一枝香煙，就不再講話了，我知道他心裡是十分感觸的。

凌霄，這位秋之女神，無疑地是一位對愛情和事業都是忠貞不渝的女性，她這種美好的德性是值得我們模仿的。她在愛情方面是失敗了（當然從另一方面來講她是成功的），但是在藝術方面她是成功了。我希望不久的將來我能看到凌霄全部作品的展出，我想她那逝去的愛人李夢雲，如果死而有知，也必為她高興的。

人生的覆轍

李明麗剛從一個舞會裡回來，也許是由於啤酒喝得太多吧，她的頭在發脹，她的腳步也有點飄浮不定；她蹌踉地推開開房門，她很希望能夠趕快躺在她女兒的身邊，讓她那少女溫馨的呼吸來蘇醒自己滿身的疲乏。可是，當她走進房間時，卻意外地發現床是空著的，她猛吃了一驚，喃喃地說：

「糟糕了，小麗怎麼還沒有回來呢？」

這一下，她的酒倒醒了一半了；她頹然的坐在梳妝桌前，無精打采的解下耳上的耳環和頸上的珠串。在午夜裡亮得發白的燈光下，她看了看鏡中的自己，雖然仍是唇紅齒白，明媚動人；但是眼角口邊已現出了絲絲皺紋，脂粉掩不住她的憔悴。「三十五歲，在女人而言，不能再說年輕了。」她低低嘆了一口氣，正想解衣上床的時候，她聽見房門被推開的聲音，她回過頭來一看，原來是她的女兒小麗回來了。小麗喚了一聲「媽」，她卻不禁有點憤怒的問女兒說：

「小麗，你上那兒去了？怎麼這樣晚才回來？」

「我去跳舞去了，媽，你不也才回來嗎？」小麗頑皮的回答著，使得她無話可說。

十六歲的小麗今夜穿著一件淺紅色有著小白花的薄紗旗袍，精巧的剪裁充份顯出了苗條而成熟的身段與她那稚氣未除的臉孔很不相稱；她頭髮燙得很短，沒有化妝的臉孔白中透紅，一雙靈活的眼睛溜來溜去，彷彿在找尋甚麼似的。李明麗不覺又從心裡嘆了一口氣說，女兒長大了。

＊　＊

深夜裡，床頭的小時鐘很清晰的滴答滴答在走著，李明麗剛才聽見時鐘敲過一點，現在又聽見噹噹兩聲了。她藉著窗外射進來的燈光看了看熟睡了的女兒的臉，小麗是睡得那麼香甜，嘴角殘留著一絲微笑，似乎在夢中還追尋著舞會中的歡樂哩！唉！這早熟的孩子，沒有人管教的孩子，因為在學校裡考試兩門不及格而輟學在家，一個初中還沒有畢業的孩子就天天跟著男朋友上電影院上舞場，不就跟二十年前的自己一樣嗎？唉！二十年，那簡直是眨眼間的事呵！

＊　＊

明麗的童年是在上海一家漂亮的公寓裡渡過的，公寓裡有華貴的設備和一切現代化的享受，但卻沒有陽光，因此，明麗的皮膚從小就是白嫩而沒有血色的。在明麗的記憶中，她是沒有父親的，跟她最親密的人不是她美麗的母親而是她的外祖母，她們祖孫三代同住在公寓裡。

當明麗長大一點的時候，她知道她的母親是個紅舞女，她身邊有著數不清的男人，也有著數不盡的鈔票；她羨慕母親的美麗，也羨慕她賺錢的本領。

在她十三歲那年，她母親被一個追求不遂的舞客用手鎗打死了。母親死後，她和外祖母的生活就一落千丈，她們從華麗的公寓遷到一個亭子間裡，渡著艱苦的日子。這個時候，她的外祖母才告訴她，她是個私生子，她那該死的父親在她尚未生出來以前就把她母親拋棄了。

由於環境的關係，明麗長成為一個非常早熟的少女，更糟糕的是她又長得和她母親一樣美麗，因此在十六七歲的時候便成為她所住的那條弄堂裡單身男子追求的目標。同時，由於生活的壓迫以及她外祖母的教唆，年輕的明麗已開始懂得如何去玩弄異性來換取物質上的滿足。

終於，在她十八歲的時候，有一個中年的大腹賈看上了她，在多金的誘惑下，她就做了富人的第五位小星了。嫁後的明麗有一年光景是享盡人間的繁華的，不但是物質上的供應永遠不虞匱乏，而富商對她也十分溫存體貼，並不因彼此年齡的懸殊而使明麗感到不快樂。

可是，好景不常，在明麗生下了小麗之後，富商又有了新歡，他對明麗不再感到興趣，而明麗也就失去了快樂而滿足的日子，除了一個可愛的女兒外，她是什麼安慰也沒有了。

抗戰勝利後，富商因為經濟漢奸的罪名被關起來，他的財產被沒收，家人妻妾也都四散，於是明麗就帶著小女兒回去和年邁的外祖母同住，靠著她的一點積蓄和細軟，勉強張羅著過日子。

四年後，她的外祖母去世了；同時，共匪的魔掌也伸展到了江南，明麗跟著一些友人，帶著小麗到了臺灣來。離開富商的明麗總算過了幾年規矩的日子，但是，到臺灣之後，因為生活的需要和內心的寂寞，明麗不免靜極思動，她靠著殘餘的青春，又開始活躍在交際場中，在不知不覺中，她已走上她母親所走的路——以色相來維持生活。

六年來，她天天過著紙醉金迷，燈紅酒綠的生涯，她母女倆的生活是解決了，拜倒在她裙下的也大不乏人，然而，真正愛她的人卻沒有，明麗的內心仍是空虛而寂寞——她得不到她所需要的歸宿。歲月不留情的消逝著，轉眼間，明麗發覺自己已是徐娘半老，而她的女兒小麗卻一天天在長大，而且出落得像一朵含苞未放的玫瑰花般鮮豔了。

在這種環境下生長著的小麗，無可避免地秉賦了她母親全部的品性，說得不好聽一點就是她有了明麗所有的缺點：貪虛榮、貪安逸、懶惰、好玩，而且放蕩風騷，在學校裡是個出名的壞學生、十三太妹，現在離開了學校，更成了個小交際花，成日打扮得花枝招展，與男朋友在外面鬼混。關於這些，明麗不是不知道，也不是不關心，但她沒有時間去管教她，也不好意思去管教她，只好眼巴巴地讓小麗在人生的道路上，又走著她外祖母的覆轍。

＊ ＊

噹！噹！噹！床頭那隻小巧的時鐘清脆地敲了三下，李明麗仍然沒有入睡，痛苦的往事像繩子般把她緊緊綁住，使她無法解脫，外祖母的唯利是圖，母親的慘死，自己的墮落，以及今日女兒的行為，都使她痛心疾首。但是，痛心有什麼用呢？她是三代都有著卑微身分的人——外祖母是妓女，母親是舞女，她自己是個下堂妾和交際花，她的女兒不也是正步著自己的後塵嗎？一代又一代的操著下賤的職業，最著表面愉快而內心痛苦的日子，利用她們的青春美貌，換取男人的金錢，這就是她們的目的了。

呵！我不能讓我的女兒也像我一樣的墮落，這種生活我已經受夠了，怎忍心再讓女兒踏上我的覆轍呢？呵！不能夠！明麗想到可怕的地方，不覺大聲叫了出來；她身旁的小麗被驚醒了，她睜開眼睛望了她母親一眼，嘴裡呢喃的問道：

「媽，是什麼事情呀？」

明麗正要安慰她不要害怕，但她翻過身又馬上睡著了。明麗嘆了一口氣，就索性不睡，輕輕爬起身來，點了一枝香煙，走到窗前站著，夜風吹著的臉頰，使她的頭腦清醒了許多。她想：如果要挽救女兒脫離苦海，首先要改變自己目前的生活與環境，但是又怎樣去改換呢？

藉著微光，她轉過身來看她房間的陳設，那些家具，那些裝飾，雖然不是最上等的，但也都華麗而舒適，時髦而悅目，這個環境是她六年來獨力「奮鬥」的成績，她捨得放棄嗎？由於她的「奮鬥」，她們母女的生活是飽暖的，閒散的，逸樂的。假如一旦把生活方式改變了，她們又是否受得住呢？尤其是嬌生慣養的小麗。還有最嚴重的一個問題：是她放棄了目前的生活，以後將何以為生呢？她沒有唸過多少書，也沒有別的謀生技能，她怎樣去賺錢來養活她們母女兩人呢？

一枝煙抽完了，明麗感覺到雙眼痛澀而沉重，她的頭也疼痛欲裂，就回床去睡；當她的手觸到她那親手繡花的枕頭時，一個念頭就像閃電似的在她腦海中劃過：「對了，我會繡花，我的針線很巧，我可以去學縫紉，學完了不就可以替人家做衣服嗎？把我目前的積蓄存起來，兩人省吃儉用，生活一時尚不至發生問題的。明天第一件事就是搬家，我一定要離開這個環境，才能夠振作起來！」明麗這樣想著想著，心上的疙瘩除去，很快的就睡著了。

* *

第二天，小麗起床後，她看見母親還沒有醒，也不去驚動，自己打扮停妥後，就打開母親的手提包，拿了一百元，然後又一蹦一跳的出去找她的男朋友去。

這天晚上，當小麗遊罷回家時，她意外地發現她母親脂粉下施的穿了一件黑綢旗袍在收拾箱子。小麗驚異的問她母親說：

「媽，這是怎麼一回事？」

「小麗，我們要搬家了。」明麗微笑著說。

「媽，為什麼要搬呢？這裡不是很好嗎？」小麗不高興地說。

「小麗，這裡固然是好，但我們要搬到一個更好的地方。你已長大了，你應該知道目前我們所過的生活是可恥的；我們都是弱者，所以你的外祖母，你的母親都在人生的路上走入岐途，現在，這條岐途已橫在你面前，你又開始踏著我們的覆轍了，我愛你，你是我唯一的希望，所以我要救你出來。小麗，我已覺悟到我們這種生活不但不能長久，而且會害了我們的子孫；我們這種生活是不正常的，我們是社會的寄生蟲，我現在已對它感到厭倦了。從明天起，我們要搬家了，我們搬到一塊清靜的地方去，我要替人家做衣服來賺錢養活你，你再進學校去讀書；過幾年，你找個忠實的男人，和他結了婚，生男育女，過著安定的生活，讓我老年也可以有個依靠，小麗，你說媽媽的主意好不好？」

明麗激動地一口氣說了這許多話，她並沒有注意到小麗臉上的表情，已由驚訝而變成憤怒了。當做母親的說完了，等候女兒回答的時候，小麗就很生氣的大聲說：

「不，不，我不要搬家，也不要進學校，我喜歡我們現在的生活，我不要你去當裁縫。」

「小麗，你要聽媽的話，媽的話總是對的訝！」明麗傷心的說。

「我已不是小孩子了，媽，如果你不願意和我在一起，我想我也可以自立的。」小麗撅起嘴唇很有把握的說，她想到圍在她身邊的男友們個個都是有錢子弟，她認為即使離開媽媽，生活也絕對不成問題的。

「小麗，請你不要說這種話好不好？我完全是為你好呀！」明麗絕望的說，她的聲音已近乎哀求了。

「媽，我實在不願再聽這種話，我現在要離開你了，不過假如你把那瘋狂的主意取消了，我還會回來的。」小麗對她的媽一點也不表示同情，相反地，她拾起了剛剛放下來的手提包，也不等她媽答話，就一陣旋風似的衝出門外。

明麗無力地追到門口，連連喊著女兒的名字，可是，小麗連人影都不見了。鄰室的收音機響起了一陣哀怨的小提琴曲，明麗悽然地踱回房間側在床上，無聲地流著淚，一切都已太遲了，人生的覆轍竟是這樣無法避免的麼？

琴癡

這是臺中附近一個寧靜的小村莊，碧綠的小溪環繞著，溪畔綠草如茵，濃蔭如蓋；在炎炎夏日的午後，村人都在追尋午睡香甜的好夢，人聲寂然，除了溪水的潺湲聲和樹上的蟬鳴以外，這個村莊是幽靜得好像仙境一樣。

這時，在小溪旁一棵大樹下，停著一部載有一個簡單行囊的腳踏車，一個瘦長清秀，三十左右的青年人斜倚樹旁，正在聚精會神地彈奏小提琴，奏著他最心愛的曲調——流浪者之歌；活潑優美的琴音在金色的陽光下，在潺湲的溪流上飛舞著，終於，它們吸住了一個正在溪邊散步的少女腳步。

一曲奏完，幾下清脆的掌聲起於青年的背後，他慌忙回過頭去，看見一個穿著市裝束的年輕少女正在對他微笑著。青年覺得很不好意思，脹紅著臉說：

「拉得很不好，請不要見笑！」

「就是因為彈得太好我才拍掌的呀！您真是一位了不起的小提琴家，我可以請教貴姓麼？」少女很大方的說。

「我姓倪，叫雪弦。」青年說。

「哦！是倪先生，我名叫杜眉眉，我家就住在附近，您可以賞光過來喝一杯茶嗎？」那個少女說著又是微微一笑，露出一口潔白如玉的牙齒，十分好看。

「不，不，我不能去打攪府上。」名叫雪弦的青年人平時很少跟女性接近，此刻不免有點感到手足無措。

「倪先生，說真的，我請您到舍卜去實在是要求您的幫忙，不知您肯不肯答應？我的姑母非常愛聽小提琴曲，可是，她身體有病，不能出門，假如您肯到我家裡去替她演奏一曲，不知道她會多高興啊！」眉眉說著一雙黑色的大眼睛很急切的望著雪弦，雪弦被她的誠懇所感動，就答應了。

眉眉在前面引路，雪弦推著腳踏車跟在後面，他們沿著溪邊走，不久就走到一處濃蔭更密的所在，在綠蔭中露出一所白色的小洋房，房子前面有一個小花園，園中長滿了各色的花朵，萬紫千紅，點綴得有點像童話中的世界。這時，眉眉回過頭來低低的對雪弦說：

「倪先生有一件事我忘記了告訴你，我姑母是不肯接見生人的，所以，您不必和姑母會面，您只要在客廳上彈奏，姑母在房間裡就可以聽到的。」

說著，眉眉上前推開門讓雪弦進去，眉眉招呼雪弦在客室坐下，便忙著去倒茶。這是一間完全西式的客廳，陳設相當華麗，有皮質的沙發，有薄紗的窗帘，有軟柔的地毯，有名貴的座燈，還有新式的無線電電唱機，四壁都裝飾著西洋名畫；其中最吸引雪弦注意的是那部漂亮的名牌鋼琴，琴上鋪著白紗巾，供著一瓶鮮艷的玫瑰，鋼琴對著的牆壁上還掛著一個連盒的小提琴。當雪弦正在呆呆的看這兩種樂器，心想不知誰是它們的主人時，眉眉已笑咪咪的捧著兩杯冰檸檬茶出來了，她恭敬地捧了一杯給雪弦說：

「倪先生，喝完這一杯，就請你表演好不好？」

「杜小姐，我想屋裡一定也有音樂家在的，我何必獻醜呢？」雪弦一面喝著涼沁肺腑的檸檬茶，一面指著鋼琴和小提琴說。

「哦！那不過是一種裝飾品，你知道，我和姑母雖然都十分愛好音樂，但對音樂卻是門外漢呀！」眉眉十分伶俐的說。

檸檬茶喝完了，雪弦慎重地取出他的小提琴，略一猶豫，就奏出了一首他最心愛的曲調，Provost的Istermezzo。他的琴弓似乎附有魔術似地把這首略帶憂鬱的旋律奏得那麼優美，琴音像潺潺流水般從琴弦間瀉出，一時間，整個宇宙都好像被跳動的音符充滿了。雪弦側著頭，半閉閉著眼睛，沉醉在自己的音樂中，等把這一曲奏完了，才猛然醒覺怎麼會有鋼琴伴奏的？他睜開眼睛一看，看見有一個女子坐在鋼琴前面，從她梳著髮髻的頭部看來，她可能就是眉眉的姑母；但是，她的背影是那麼苗條，似乎不可能是個中年婦人，她的鋼琴彈得多好啊！為什麼不聲不響就替我伴奏起來呢？

當雪弦一手拿著琴，木立在那裡不知怎樣辦時，眉眉從她的位子上站起來，走到那女人身後，雙手搭在她的肩上說：

「姑媽，你彈得好極了。現在我來給你介紹這位倪先生吧！」

那女人緩緩轉過身來，在這一剎那間，雪弦看清了她的臉，那是一張極其秀麗的瓜子臉，鑲著一雙憂鬱的大眼睛，一個小巧的鼻子，兩片薄薄的嘴唇，沒有經過任何化妝，顯得異常出俗；她的皮膚是潔白細嫩的，雖然她已不算年輕（雪弦看不出她是三十或是四十），但卻仍是那麼美麗，她穿著一件純白的綢旗袍，正如一朵出汙泥而不染的白蓮一樣那麼楚楚動人。眉眉對雪弦說：

「倪先生，這就是我的姑母杜蘭芯女士。」

蘭芯對雪弦點點頭，露出一個淒楚的微笑。雪弦對蘭芯微微一鞠躬，禮貌地說：

「杜女士的鋼琴彈得太好了，我剛才的獻醜，還要請你不要見笑。」

「倪先生不要過謙吧！二十年了，我還沒有聽過這樣好的小提琴哩！——你簡直就是琪的復生啊！」蘭芯起初很安靜的說著，說到最後一句時，她竟然哽咽起來。

雪弦聽了她的話，不但莫明其妙而且不覺慌了手足，他只好用眼睛向眉眉求救。眉眉是乖巧的，她早已親熱地摟著她的姑母，安慰她說：

「姑媽，你不要難過，你身體不好，進去歇一會吧！」

「不，眉眉，你不要管我，我很好，我不要進去。倪先生，我可以請問你，你的小提琴是在那裡學的麼？」蘭芯的憂鬱又似乎稍減了。

「在學校裡學的，我在音專畢業。」雪弦說。

「噢！那不是，我還以為你和琪一定是同一老師教出來的。」蘭芯失望地在喃喃自語。

「姑媽，我們請倪先生在這裡吃晚飯好不好？」眉眉在旁邊一說。

「當然要請，但是不知倪先生有空嗎？」蘭芯看著雪弦說。

雪弦躊躇著不知該怎樣回答，眉眉在一旁天真地說：

「倪先生，就答應吧！一個音樂家不應該太過拘謹呀！」

蘭芯白了眉眉一眼說：

「眉眉不要胡鬧，我們應該先知道倪先生來這裡的目的。是嗎？倪先生。」

「唔！不瞞兩位說，我來此是沒有目的的。我是個音樂教員，因為愛好旅行，就趁這暑假的時候，騎著腳踏車沿公路由臺北南下，高興在那裡歇就在那裡歇，遇到風景好的地方就多停留一些時間，今天遇到兩位，真可以說是天意啊！」雪弦剛一說完，眉眉就高興地叫道：

「對了，這真是天意啊！在這寂寞的小村裡，我們是難得有客人光臨的，更何況是一位音樂家呢？姑媽，反正倪先生是在旅行中，我們不但留他吃晚飯，還留他住在這裡好不好？」

「我沒有意見，你看人家倪先生答應不答應吧？」蘭芯故作矜持的說，但她的眼角眉梢似乎也掩不住露出一絲的喜悅。

「倪先生，這一回應該沒辦法推搪了吧！」眉眉又是頑皮地說。

由於眉眉的天真活潑，蘭芯的沉默端莊，都使雪弦發生了好感；他想，反正自己不急於他往，就在這美麗的村莊裡停留一兩天也好，於是他就大大方方的說：

「既然兩位好意相留，那麼我就打攪一夜吧！」

「什麼？打攪一夜？那怎麼行？我以為你答應住到暑期結束呢？」眉眉的熱情似乎有點過份了，雪弦用微笑來應付她說：

「小姐，明天我們再談判吧！」

這時，蘭芯站了起來說：「眉眉，你陪倪先生坐，我要進去休息了。」

蘭芯進去了以後，眉眉對雪弦說：

「我們到外面走走好不好？」

說著，她就領著雪弦出了園門，沿著通往屋後的一條小徑，到了一個長滿著冬青樹的小丘上，碧綠的溪流在山下流，發出眩目的金光。眉眉坐在一棵樹幹下，抬起頭來對雪弦說：

「我真愛這個地方，我每天都要來這裡讀一會兒書的。」

「杜小姐在那裡上學？」

「臺中農學院。」

「想不到你還是一位專家哩！失敬失敬！你現在回家渡假吧！」

「不是的，我和爸爸媽媽住在臺中；我喜歡這裡，所以每個暑假都要來陪姑母。」

「平常你姑母就一個人住著嗎？」

「是的，除了服侍她的女僕外，就是她一個人，爸爸媽媽偶然也會來看看她的。」

「她為什麼這樣孤獨呢？她是個很有成就的音樂家呀！還有，你說過她有病，是什麼病呢？」

「唉！她是傷心人別有懷抱，她的病是精神上的病。倪先生，假如你有興趣的話，我可以把姑母的傷心往事告訴你。」一眉眉的一雙大眼深情地望著雪弦，就接著往下說：

「你不是對姑母客廳中那個小提琴感到奇怪嗎？就是為了這個琴，把她苦了二十年了。二十年前，姑母和我現在一樣是個無憂無慮的大學生，她修的是哲學，但喜愛的卻是音樂，她和一個小提琴家相戀著，他每次演奏，她就替他伴奏鋼琴，他們不但是一對戀人，而且還是事業上的伴侶。不幸的是，在他們舉行婚禮的前兩個鐘頭，她的愛人因為所坐的汽車失事而傷重死去，姑母穿著新娘紗，在房間裡哭泣了一天一夜，她曾經想自殺過，但被人救起。從此以後，她就把自己關在房內，把他愛人用過的提琴供在鋼琴上；她天天在唱機上放著那幾張相同的小提琴曲唱片，自己坐在鋼琴邊伴奏，就好像替她愛人伴奏一樣。二十年來，從未間斷過。在家鄉時，她是和我們住在一起的，爺爺非常疼愛這可憐的女兒，她要什麼就給她什麼；爺爺死後把大部分遺產交了給她，所以她來臺灣後能過著這樣優裕的生活。據醫生說，她患著精神病，但以我看來，她除了天天聽著那幾張同一的唱片，以及過度的沉默外，並沒有什麼神經失常的舉動。剛才她原來坐在房間裡看書的，聽見你的琴聲，就不顧一切的出來替你伴奏，一面伴奏，一面流淚，由此可見她對死去的愛人是多麼的深情了。倪先生，真的她從來不肯接見生人的，這次對你可說是唯一的例外，我希望你的小提琴能治療她的憂傷就好了。」

聽了眉眉這一番話，雪弦覺得非常感動，他對杜蘭芯的遭遇十分同情，因此就慨然的對眉眉說：

「杜小姐，我已決定了，如果我能夠使你的姑母快樂的話，不到開學的時候，我是不會走的。」

聽了雪弦最後的一句話，眉眉高興得跳了起來，執著雪弦的手說：

「倪先生，你太好了，我不知該怎樣謝你才對呢？」

在晚飯的時候，眉眉把這個消息告訴她的姑母，蘭芯雖然只是淡淡的向雪弦表示歡迎，但是，她矜持的臉上卻微微露出了內心的欣悅，這從她那強自抑制的笑容裡可以看出來的。

這一天晚上，雪弦躺在杜家鋪陳華麗的客房內的那張過於柔軟的席夢恩床，使睡慣硬板床的雪弦轉側不能入睡。半夜裡，他聽見一陣美妙的小提琴聲從客廳裡傳出，那是Kreisler的Love's Sorrow，優美而微帶憂鬱的旋律在靜夜中緊緊地扣著人們的心弦；雪弦好像著了魔似的從床上跳起來，忘記了自己在做客，躡手躡腳的走到客廳門口，他要想知道是誰奏得這樣好的小提琴。原來是蘭芯穿著一件天藍色的睡袍，一頭秀髮披散在背後，聖潔而美麗，像個仙女般坐在鋼琴前面替唱片伴奏，她的態度十分認真，面露笑容，彷彿她的愛人就在她的身旁一樣。此刻，目前的景象證實了眉眉的話，二十年來，蘭芯是如何的活在逝去的美夢裡，她把全副精神都寄託在琴音上，她是個多偉大的情人和音樂家啊！雪弦悄悄退回房內，這一夜，他失眠了，他為這可憐的女人的遭遇而嘆息，也為她美妙的琴音而傾倒。

第二天，雪弦一覺醒來，玫瑰色的朝陽已洒滿了一身，窗外綠葉搖曳，鳥聲盈耳，他看看錶已是九時多了，就連忙爬起來，匆匆梳洗好就到廳上去。他看見眉眉正拿著一本書在窗前看著，他不好意思地叫了一聲：「杜小姐早！」

眉眉站起來笑著說：

「倪先生早，我正等著你吃早餐呢！」

眉眉領著雪弦到餐廳去，雪弦看見餐桌上擺著兩份很豐富的早餐，有牛奶、有牛油麵包、有火腿蛋、還有水果；雪弦很詫異的說：

「怎麼只有我們兩個人吃，你姑母呢？」

「我姑母習慣一個人吃早餐的，她在房裡吃過了。」

吃過早餐以後，眉眉又拉著雪弦出去玩，她自己帶著書，叫雪弦帶著小提琴，兩人沿著溪邊慢慢的走著。眉眉今天穿著一件白綢襯衫和一條鵝黃色的窄裙，短短的頭髮在額上自然的披散著。顯得更年輕更活潑；雪弦默默地走在她的身旁，三十年來從未接觸過女性的他，不覺有點心動了。眉眉看見他一直不講話，就側過頭來對他嫣然一笑說：

「倪先生怎麼不講話了呀？我們現在應該算得是老朋友了，是嗎？」

雪弦此刻也把原來拘謹的個性解脫了，他俏皮地說：「在美麗的小姐面前，我想沉默總勝過多言吧！」

「唔！在一夜之間，你進步了，你現在多麼會講話呀！」

「這完全是由於你的感化呀！」

清脆與朗爽的笑聲充滿在溪邊林畔，眉眉忘記了讀她的書，雪弦忘記了拉他的小提琴；在大自然的環境裡，他們盡情地享受著青春的歡樂，到了中午，他們才都滿頭大汗，滿面通紅地很興奮的回家。吃中飯時，蘭芯和他們一起吃，她仍然保持著淡淡的笑容和矜持的態度，但她的眼睛卻非常的注意著雪弦與眉眉的一舉一動。

夜裡，雪弦想起了他已經一整天沒有拉他的小提琴了，於是，他滅了臥室中的電燈，倚在窗前，就拉起一首Foster的Beautiful Dreamer，纏綿柔婉的音符顫抖在夜空中，寂寞的人聽了會流淚，歡樂的人聽了會陶醉，雪弦自己也受音樂的感動而發生了非常微妙的感情，他突然間很希望蘭芯在旁邊替他伴奏。

就在這個時候，他看見蘭芯推門進來，她仍然穿著那件天藍色的睡袍，頭髮披散著，像個中古時代的女郎；她的腳步輕得像隻小貓，進門後沒有講話，就靠在牆上靜聽雪弦彈奏。雪弦奏完了，她帶著一點靦覥的神情對他說：

「倪先生，請你到廳上來再奏一次，我替你伴奏好不好？這一首是當年琪和我常常合奏的。」

「只要杜女士高興，我當然可以效勞。」微笑著回答。

到了客廳裡，蘭芯把所有的電燈都滅了，只有那盞座燈在橙黃色的燈罩下發出黯淡的光輝，雪弦無言地站在鋼琴旁邊，蘭芯撫著琴鍵，先彈出了輕快的過門，接著，雪弦拉動著他的琴弓，熟練地又一次把Beautiful Dreamer從他的琴弦上奏了出來。若說小提琴的聲音是潺潺的流水，那麼，鋼琴的聲音應該是淙淙的泉鳴，兩者配合得那麼和諧，雪弦和蘭芯的技術又都那麼巧妙，他們簡直把Foster這一首名曲彈得出神入化了。這是至高性靈的表現，也是音樂生命的昇華，在琴音中，他們的心靈似乎起了共鳴了。

一曲告終，兩人都沒有講話，因為優美的琴音彷彿還嬝嬝不絕，繞樑未散，誰也不願打破這寧靜。然而，突然地，蘭芯哭起來了，她一面抽噎一面一說：「倪先生，除了琪以外，沒有人會拉得這樣好的小提琴的；你——你一定是是琪的復生。唉！二十年來，我是怎樣過的啊！」

說著又是嗚嗚的哭起來，雪弦慌了手足，不知道該怎樣去勸解；幸虧，正在房間裡看書的眉眉聞聲出來，才把蘭芯安靜下來送回房裡。由於蘭芯對於死了二十年的愛人的深情不渝，使雪弦深深的感動了，他想，這該是世間上至情至聖的女性吧！

自從這一夜以後，蘭芯不再像瘋子似的為唱片伴奏了，因為雪弦每夜都為她拉奏幾首她心愛的曲子。同時，她也能夠不再哭哭啼啼，瘋瘋癲癲了，每夜合奏之夜，她總準備一些咖啡和點心，和雪弦兩人對坐清談，從她的談話中，雪弦知道她是個博學多才的女子，不覺對她更為傾佩了。

白天，雪弦陪伴眉眉的時間比較多，眉眉是喜歡活動的，所以他們把大部分時間都在戶外渡過，他們去游泳、划船、騎車、爬山、天天都玩得筋疲力盡才回家；兩人相處了半個月之後，雪弦發覺這個多情的少女已在痴戀著自己，而他對眉眉的愛苗也在滋長著，但是，他並沒有對她表示出來，因為他並無意高攀富家的小姐。

在這期間內，蘭芯的健康也日有進展，她的精神比以前健旺，面色也漸趨紅潤，她日間除了在家中靜坐看書外，在黃昏時也偶會跟雪弦和眉眉一塊兒去散步，她二十年來所過怪僻的生活似乎已漸趨正常。

對於姑母的好轉，眉眉感到異常安慰，她寫了一封信給她的父母，把一切情形都告訴他們，她的父母接信後便立刻從臺中趕來。

這一天，正當他們吃過午飯，在客廳中閒聊的時候，眉眉的父母從臺中來了。這是一對高貴的中年夫婦，當眉眉替他們介紹雪弦的時候，身軀偉岸的杜先生笑哈哈說：

「我早就從眉眉的信中知道了倪先生的一切了，這次舍妹的康復，可以說完全是閣下之功，我們應該好好的謝你才對。」

不善交際的雪弦正不知如何作答時，胖胖的杜太太也在一旁說：

「倪先生真是太好了，您不但改變了舍妹的人生觀，而且也使眉眉這孩子變得文靜多了。」

雪弦被他們一人一句的誇獎得面紅耳熱，除了用「那裡？那裡？」這兩個字來應付外，簡直一句話也說不出來。

蘭芯在被她哥哥嫂嫂說她變得比以前紅潤好看時，似乎有點嬌羞地默默無語，只有眉眉卻好像一隻小麻雀似地在幾個大人面前跳來跳去。

這一天晚上，杜家盛宴雪弦，把他奉為上賓；在席間，杜氏夫婦對雪弦問長問短，把他的身世問得清清楚楚，又請他一定要到臺中去玩；他們的慇勤和親切，不免使雪弦有點受寵若驚。

杜氏夫婦住了兩天便回臺中去，他們走後，眉眉約雪弦到屋後那個小丘上去散步。這一次，眉眉是異乎平常的沉默著，她呆呆地看著腳下的溪流，手裡不斷的揉弄著一張樹葉，眼睛不時偷偷看著雪弦，似乎欲言又止。雪弦站在她旁邊，溫柔的問她說：

「眉眉，你今天怎麼不講話了？」

「我不知道該怎麼說，」兩朵紅雲飛上她的頰上，使她看來更可愛了。「媽昨天問我……」

「你媽問你什麼？」雪弦很急切的問她。

「媽問我是不是……愛著你？雪弦，你從來沒有告訴過我，你是不是也愛我？」

「眉眉，我——我不知道。」雪弦吃吃地說。

「你不知道？我知道你愛著姑母，你不愛我，你何必跟我敷衍呢？你乾脆說出來好了。」

眉眉憤憤地說著，淚水奪眶而出。

「眉眉，不要恨我，也不要誤會我。我愛你，但是，我是一個窮教員，你是一個富家小姐，我配不上你，所以我不敢對你表示，現在你明白了吧！」雪弦把眉眉輕輕的摟在懷裡說。

眉眉擦乾眼淚，抬起頭來又問雪弦：

「那麼你愛姑母不？」

「你千萬不可能這樣講，姑母是你的長輩，我對她有的只是尊敬的成份，怎能存有絲毫雜念呢？眉眉請你相信我。」雪弦很誠懇的說。

「雪弦，那麼我希望你不要再說什麼貧富的話了，你是一個很有前途的音樂家，爸和媽都很器重你，他們說，只要我願意，我們可以在我畢業後——結婚。」眉眉說到最後兩個字，不禁又臉紅了。

雪弦感動地把眉眉緊抱著，給她一個深情的長吻，然後把他的臉貼住眉眉的臉，喃喃地說：

「眉眉，我有了這麼可愛的一個小妻子，我太幸福了。」

一整天，他們沉醉在對未來幸福的憧憬裡。也許他們自己不會覺得，不幸的人看見了幸福的人是會痛苦的；然而，從雪弦和眉眉兩人興奮的神色中，慧眼而敏感的蘭芯便已知道了一切。

當她又和雪弦在夜靜的客室中合奏他們的曲調時，因為雪弦整個人都被興奮的情緒所籠罩著，所以今夜他所奏出的拍子都是輕快的；他的小提琴只拉了不到兩分鐘，蘭芯便聽出毛病來，她心中一種微妙的感情使她變成狂怒，她重重地把鋼琴一按，發出了像雷鳴的聲音，把雪弦嚇了一跳。蘭芯恨恨地瞪著他說：

「你今夜奏的是什麼？你把樂曲糟蹋了。」

雪弦生平最恨人家批評他在音樂方面的事情，聽了蘭芯的話不覺也光了火，此刻，他忘記了應有的禮貌，也狠狠地對蘭芯說：

「你不要以為我是可以受有錢人使喚的，我為什麼每夜要替你伴奏？還不是為了眉眉，你既然不滿意我的技藝，我們從此拉倒便算。」

說著，他便把他的小提琴收起來，退回房內。蘭芯像個木頭人似地坐在鋼琴前面，對於雪弦的話，一點反響也沒有。

由於過度的激動，雪弦躺在床上一直不能入睡，隱約中，他似乎又聽見小提琴的聲音傳來，仍然是那支凄涼的Love's Sorrow。他想，蘭芯一定又在替唱片伴奏了，讓她去重渡孤獨的日子吧！這個精神不健全的女人！雪弦對她剛才對自己的「侮辱」，無法忘懷，因此，他對她仍充滿了憤恨。

他也不曉得在什麼時候睡著了，總之，在他好夢正酣的時候，他被人推醒了。他揉了揉惺忪的睡眼，發覺天已大亮，眉眉站在他床前，哭喪著臉對他說：

「不好了，姑母吞安眠藥片自殺了，你快點起來！」

聽了眉眉的話，雪弦好像被雷轟中一樣，他陡的從床上跳了起來，捉住眉眉的雙臂很急的問道：

「她現在那裡？你快帶我去看她。」

眉眉一面流著淚，一面領著路帶雪弦走向蘭芯的臥室，雪弦像瘋了一樣的衝了進去，他發現蘭芯殭直的躺在她那張華麗的床上，她雙目緊閉，眉頭深鎖，口角流出白沫，呼吸早就停止了。雪弦痛苦地對眉眉搖搖頭說：

「沒有希望了。」

眉眉和站在旁邊的僕婦聽了雪弦的話，一齊放聲大哭起來，她們的哭聲像千萬枝利箭同時刺入雪弦的心中，使他的心陣陣絞痛；他像個犯罪了的孩子一樣，把一切悔恨都藏在心中而不敢說出來。他不忍再看蘭芯的遺體一眼，就偷偷退回房內，倒在床上，把一雙手掌蒙著臉，讓淚水盡情的發洩著。

時間過了不知多久，他發覺有一隻溫柔的手壓在自己的手背上，同時，他聽見眉眉哽咽的聲音說：

「雪弦，你看看姑母這封遺書。」

雪弦坐了起來，從眉眉手中接過了那張寫著清秀字跡的白紙，他擦乾眼淚，細讀著紙上的字句：

「我真不知該怎麼說？我是多麼的軟弱！二十年來的堅貞，我竟在一旦間把它毀了，我還不該死嗎？自從琪死後，我就立誓以琴來代替他的愛，我不能再去愛第二個男子；但是，命運多麼會捉弄人，它為什麼讓倪闖入我的生命中呢？他的音樂天才，他的言行舉止，都那麼像琪，因此，我在見了他第一眼之後，就忘記了我的誓言和年齡上的差別而愛上他了。然而，當我清醒過來的時候，我就知道他並不會愛我這個瘋婆子的，眉眉才值得他愛。眉眉就等於我的孩子一樣，我怎能跟我的孩子爭奪愛人呢？難道我是那麼無恥麼？還是讓我去找琪吧！他在天國等我已等了二十年，在那裡，我們可以天天合奏了。琪留下的小提琴請倪代為保管，我不敢說是給他作紀念，但是，交給他卻是我最放心的。蘭芯絕筆」

這封遺書沒有上款，但顯然卻是留給雪弦的，因此雪弦讀完了以後，已擦乾了的淚水又忍不住落個不停；他哭著問眉眉說：

「眉眉，這遺書在那裡發現的？」

「在她的床上，她把小提琴放在她的身旁，用被子蓋住，信就壓在琴的底下。雪弦，姑母是那麼的愛你，我要是早知道，我就不會跟你好了，是我害了她啊！」眉眉說著又是嗚嗚的哭了起來。

「眉眉，不要傻！這與你何干呢？我已說過，我你認識完全是天意，那麼，你姑母的不幸也只能說是天意了！」雪弦把悲哀強自忍住，輕輕的嘆息著說。他恐怕眉眉對他和蘭芯的關係發生誤會，他只好把蘭芯對他的一段柔情深深埋在心底，反而對眉眉說著安慰的話。

蘭芯就葬在她屋後那個小丘上，她的葬禮是凄涼動人的，送葬的人除了眉眉、雪弦、眉眉的父母外，就是蘭芯的一個隨身女僕。雪弦接受了蘭芯的贈琴，卻把他自己的琴用來替蘭芯殉葬。當仵工把第一鏟泥土堆下棺材去時，雪弦用琪的小提琴先奏起那首送葬用的聖詩〈漸近我主〉，悽悲的琴音使得大家都流淚了。

葬禮完畢，大家都散去，雪弦猶迄自抱著琴在蘭芯的新墳畔徘徊，眉眉默默地跟在他後面，自己不敢離去也不敢催他離去；山丘下的小溪仍像他們初見面那天一樣的清澈，一樣的緩緩流著，但在他們之間已起了多大變化啊！眉眉想著想著，不覺又啜泣起來。

這時，雪弦似乎才發覺了眉眉的存在，他回轉身來，一隻手輕輕搭在她的肩膀上，溫柔地對她說：

「眉眉，你回去吧！你的爸爸媽媽在等著你回臺中呢！」

「那麼你呢？你難道不去嗎？爸爸媽媽說過要請你一道去的。」眉眉淚眼模糊的說。

「我——我不打算去了。眉眉，我們的相遇原是偶然的，就讓我們偶然的分手吧！人生何處不相逢？我相信我們一定後會有期的。」雪弦鎮靜地說。

「我早知道你是不會愛我的了。」聽了雪弦的話，眉眉用手掩面大哭起來，然後就頭也不回的飛奔回家去。

夏日燦爛的陽光洒滿了整個村莊，潺潺的小溪泛起了粼粼的金波，雪弦傷心地騎著腳踏車返回臺北去，他來時是個吹著口哨的快樂小夥子，去時卻變成個憂傷的中年人；在一個多月之間，他似乎老了十歲了。這一次遭遇將是他一生中永遠不可磨滅的記憶，從此以後，琴音對他將變成何等凄清的聲音啊！

落花時節

春暮了，百花卸下了她們的舞衫，雲雀收斂了它們的歌聲；原野山頭和園林裡，滿地都是落英繽紛，殘紅片片，大地上一片淒涼景像。

這時，高雄市近郊一所育幼院裡，正有百數十個兒童在草地上遊戲，天真可愛的嘻笑喧鬧聲充滿在暮春的天氣裡，院裡的教職員們無不被這個快樂的氣氛所感染而咧開了嘴。唯獨女教員趙如琳卻因落花而觸起她的傷心往事，她痴痴的站在宿舍門前，望著天上的白雲，想到了去年今日的情景。

＊　＊

去年，正是這種天氣，如琳伴著她那多財善賈，大腹便便的丈夫董福到臺北陽明山上去春遊。董福原是個重利輕離的商人，平日難得陪如琳去玩一次，可是他又是個愛好熱鬧，附庸風雅的人，似乎覺得人人去賞，未免有失面子，於是忙裡偷閒，趕上這個落花時節，坐著他們的小包車到山上憑吊那零落滿地的櫻花與開到闌珊的杜鵑花。

那天山上遊人不多，如琳挽著她的丈夫在後草山公園逛了一陣，覺得並沒有什麼興趣。正想離去時，他們對面走來一對年輕的夫婦，他們的手裡都攙著一個孩子，正在慢慢地向他們走來。來到跟前的時候，如琳看了他們一眼，不覺吃了一驚，那個男的不正是她從前的愛人李懷寧麼？這時，懷寧也看到如琳了，他正在楞了一下，如琳已先喊他了：

「你不是懷寧麼？咱們差不多有十年沒有見面了。」

「哦！如琳，是你。」懷寧冷冷的說。

「這位是……」這時，如琳的丈夫在旁也開口了。

「讓我來替你們介紹吧！這位是我的同學李懷寧，這是我的丈夫董福。」如琳不得已只好替他們介紹著。

當董福伸出他那肥胖多肉的手來與懷寧相握時，如琳偷偷的看了懷寧身旁的女人一眼，她發覺對方也在看自己呢，就很不自然的笑了一下。這時懷寧也在替她們介紹了，如琳知道那女人正是懷寧的妻子，立刻就下意識地有一種妒意，就冷冷的點了點頭就算。

介紹完畢，接著是一陣沉默，還是董福打破了僵局，他說：

「李先生，李太太，我們今天第一次見面，讓我來款待款待兩位吧！回頭就坐我們的車子一同下山，我請兩位吃晚飯。」

不知是懷寧嫌他滿身市儈氣呢？還是對他有點敵意？雖然董福態度很誠懇，但懷寧卻十分冷淡的回答他說：「謝謝你，董先生，我們還有事，我們先走了，再見。」說著，眼睛也沒有向如琳望一眼，就領著他太太和孩子們走了。如琳木然的看著他們走了，心裡又氣又恨，也就催著丈夫回家去。歸途上，董福對妻子說：

「你那個同學態度真驕傲。」

如琳聽了只懶懶的應了一聲，心裡卻在痛恨懷寧的冷淡，以及後悔沒有跟他要下地址。

自從那天碰見懷寧以後，如琳的心情起了很大的變化，她跟丈夫本來就沒有甚麼感情的，現在就更覺得這個家索然無味了。她後悔自己當年拒絕了懷寧的求婚，後悔自己因慕虛榮而嫁給董福；十年來，她除了在物質上獲得了滿足以外，她到底得到了些什麼呢？假如懷寧仍然愛她的話，她真是寧願離開董福的。但是，懷寧如今已是有妻有子的人了，他還會愛別人嗎？

幾天之後，如琳偶然翻開報紙，無意中在副刊上看到一首詩，作者名叫「百予」，題目是「落花時節」。如琳記得「百予」是懷寧的筆名，他在十年前常用這名字發表作品的，一看見這個名字，如琳便覺心跳，連忙的便去讀那首詩，那首〈落花時節〉是這樣寫的：

是那無聊的春風，使我們狹路重逢；相見爭如不相見，只贏得滿懷幽怨。
道是無緣卻有緣，多少往事太辛酸；新愁舊恨難分解，最惆悵落花時節。

這一首半新不舊的詩，雖然寫得並不好，但是卻一句句的打動了如琳的心，如琳一看，便知懷寧並未忘情於她，不禁痛哭起來。她恨自己當年為什麼給金錢迷了心竅，瞎了眼睛，竟然嫁給了董福，把一生的幸福都斷送了，同時她又恨懷寧別娶，她認為懷寧愛自己不夠澈底，她一定要把他奪回來，她可以跟董福離婚的，反正她又沒有孩子。

如琳想到這裡，立刻有了一個主意：她寫了一封信給那個副刊的編輯，說她是百予先生多年好友，在大陸上失去聯絡，現在很高興知道他在臺灣，請把他的地址轉告。那個編輯果然也給她回信，於是如琳很順利的得到了懷寧的服務機關的地址。

雖然還是春天，但寶島的天氣已和初夏一般炎熱了。如琳換了一身淺黃的夏裝，打扮成嬌豔的少女一樣，偷偷的去會見懷寧。

那天懷寧正在辦公室裡煩躁的揩著汗，工友送來一張會客單，懷寧看了大吃一驚，但又不能不硬著頭皮出去。見了面，懷寧訥訥的說：

「如琳，你怎麼會找到我的？」

「你又不是存心躲起來的？為什麼我找不到你？」

「我是奇怪你居然會來找我？」

「不歡迎嗎？」

「豈敢？我只是認為我沒有資格。」

「是你的詩呼喚我來的。」

「如琳，我希望你不要把那首詩當真，那是胡寫的。」

「懷寧，一個人最好不要自欺欺人，你騙了你自己的良心，卻騙不過我。」

「如琳，我們不要談這些好不好？你且把十年來的經過告訴我吧！」

「這裡不是長談的地方，今天晚上我們找個地方談談好嗎？」不等懷寧的回答，如琳接著又說：「四姊妹開發館吧！晚上八點鐘。」說完頭也不回就走了。懷寧望著她那苗條的背影，無可奈何的嘆了一口氣。

這天晚上，懷寧頭一次對他的妻子撒了一個謊說有朋友請吃飯，七時多就出門去。他心神不安地在街上踱來踱去，等不到八時就跑到四姊妹咖啡館，要了一杯咖啡，獨個兒坐在那裡拚命的抽煙。八時十分，如琳才姍姍來遲；今天晚上，她又是一身出眾的打扮，上身披著一件米色薄呢披風，胸前綴著一朵鮮紅的玫瑰，下身露出一條粉綠的裙子，嬝嬝娜娜的走到懷寧座前，把披風脫掉，裡面穿的原來是件袒胸露臂的夜服，裸露出一身誘人的豐腴的曲線，使得懷寧連看都不敢看她一眼。

「你等得很久了吧！」如琳說。

「來了一會。」

「怎麼，你好像有點不高興似的，是嗎？」

「我後悔我不該來，我不配與這樣高貴的太太坐在一起的。」

「我以為你後悔什麼？原來你不喜歡我這身打扮，下次我就穿得樸素一點吧！」

「你變得太多了。」

「可是我的心並沒有變。」

「還說沒有變，假如你沒有變，你怎麼會變成董太太的？」

「懷寧，不要再罵我了，我自作自受，我已受足刑罰了。」

「刑罰？不見得吧！你不是在享福嗎？你常年的志願總算達到了吧！」

「夠了，夠了，懷寧。假如我現在覺悟了，你還會怪我嗎？」

「怪你？我憑什麼資格怪你？」

「不怪我就好了。懷寧，我真高興又碰到你。」

「高興有什麼用？已經太遲了。」

「懷寧，不會太遲的，只要你還愛我。」

「如琳，我希望你不要再談到這些。我們都是已經結過婚的人了。」

「你是什麼時候結婚的？我都忘記問你了。」

「就在收到你的喜帖的半年後。她是我的表妹，從小一塊兒長大的。」

「你愛她嗎？」

「她溫柔多情，體貼入微，我為什麼不愛她？」

「你幾個孩子了？」

「兩個。你呢？」

「一個也沒有。」

「十年來你過得快樂嗎？你丈夫對你怎樣？」

「快樂？那說不上，不過他還聽我的話就是，可是，自從我又碰到你，我便開始恨他了。懷寧，我希望我們以後能常常見面。」

「你上我家裡來吧！我的妻子很賢惠，她一定歡迎你的。」

「我不要上你家去，看見你們夫妻的恩愛情形，我會難過的。」

「那麼以後我們恐怕沒有見面的機會了。」

「懷寧，難道你就不念當年的一段情麼？」

「如琳，十年前你已經創傷過我的心，難道今天你還想傷害我一次嗎？」

「我並沒有這個意思，我只是希望從你的身上得到一點過去的甜蜜和溫暖吧！」如琳水汪汪的一雙大睛眼，默默含情的望著懷寧，露出祈求的神色。她的美貌比之十年前毫無遜色，反而變得更成熟可愛，這是使任何男子都無法抵禦她的誘惑的。

「唉！如琳，你還是像十年前一樣的使我無法拒抗，我又再次屈服了。不過，你不要到我機關裡去找我，有機會見面我會通知你的。」懷寧沒有辦法只好這樣說。

如琳聽了懷寧的話，高興得眼淚也滴了下來。她伸出她那柔荑般的玉手，與懷寧緊緊的相握了一下，然後交換了兩人的通訊處和電話號碼，才依依而別。

自從那次與如琳偷會以後，懷寧使整個人的失魂落魄了。理智與感情在他的胸中交戰著，他一方面覺得不應該欺騙妻子，一方面又敵不過如琳的誘惑，十年前他失去如琳，曾經大大的傷心過，他雖然自己也結婚了，但他總彷彿覺得那只是對如琳的一種報復行為，他對他的妻子是沒有愛情存在的。十年來他對妻子固然已經發生了感情，但他對如琳卻也並未忘懷，這次重逢，他便因心動而寫了那首詩，如今如琳竟然對他表示願意重修舊好，懷寧又豈有不重墜情網的道理？

一天，懷寧心神不安，茶飯不思的情形給他妻子希蘭發覺了。希蘭以為丈夫有病，十分擔心，不斷的勸他去休息；但是懷寧不但不接受她的好意，反而很煩厭的出門而去，使得希蘭碰了個釘子，在家裡傷心的哭個不休。

懷寧煩躁的在街上走著，不由自主的就打了個電話給如琳。如琳的丈夫一向是很忙，很少去管如琳的行踪的，因此如琳很方便的就來了，於是就在那個暮春的晚上，他們兩個便不自覺的犯了罪。

從此以後，他們十年來壓抑著的愛情，便像決了堤的洪水一樣，泛濫得不可收拾。

懷寧如琳兩人犯了罪之後，心理上都有了明顯的變化。懷寧是十分的愧對他的妻子；希蘭對他愈是溫柔，他愈是感到煩惱；他們夫妻間的感情是漸漸的冷淡了，希蘭雖然並不知道丈夫有了外遇，但她也下意識的知道他已變了心，在這種情形之下，她感到痛苦，懷寧也感到痛苦。

至於如琳的心理則剛好相反，她一點也沒有想到他們的私戀會引起什麼後果，她只以重新獲得懷寧的心而高興。她更加厭惡她的丈夫，甚至連跟他講一句話也不耐煩了，董福雖然一向對如琳放任，但卻也忍受不了她的冷淡，因此夫妻兩人常常爭吵，同時董福也常常以金錢來要脅她就範，可是如琳正在熱戀著懷寧，連金錢也不在意了，她正沉醉在粉紅色的夢中哩！

這種情形繼續了不到兩個月，如琳便忍受不住那偷偷摸摸的生活了，她要求懷寧和她一道私奔，到南部去重建他們的新家庭。

「如琳，這是我們的命運，有什麼辦法呢？你有丈夫，我有妻子。」懷寧痛苦的說。

「懷寧，你太怯懦了，難道我們不可以改變我們的命運？我們可以跟我們的冤家離婚呀！」

「不，這樣我太對不起希蘭了。」

「你愛的到底是誰呀？假如你不愛她，你為什麼要和她過著同床異夢的日子？何況？離了婚不見得對她不利，她還年輕，她可以另找真心愛她的人呀！」如琳進迫一步的說。

「孩子們怎麼辦呢？」懷寧有點動搖了。

「你老曉得孩子。假如你捨不得，你把孩子帶著吧！我們可以僱佣人來帶他們。」

「唉！都是你不好，假使十年前我們便結了婚，今天已是兒女成群了，何必再受這些相思之苦呢？」

「現在你還要怪我嗎？你要怪我，大家就拉倒吧！你可以回到你妻子的身邊去。」如琳故意欲擒故縱的說。

「如琳，我求求你不要這樣說。你想我還能失去你嗎？」

「那麼，你趕快去跟希蘭離婚吧！」

「如琳，老實說，我目前還沒有這股勇氣。你先去辦你的離婚手續好不好？等你自由了，那時我勢成騎虎就不得不硬著頭皮來跟希蘭離婚了。如琳，你能原諒我的苦衷麼？」

「真是懦夫！也好，就依你吧！我明天就跟老頭子辦手續去。」

如琳跟董福的離婚是毫不費力的，因為董福在不久以前就已知道如琳的不軌行動，他很生氣，但是並沒有發作，他只是用手段來報復，他首先斷絕如琳的經濟供給，然後他自己也向外發展，他在外面已姘上了一個酒家女。董福對如琳提出離婚，一點也不感到驚異，同時因為他對如琳已不感到興趣，就很乾脆的答應了，可是他卻說穿了如琳和懷寧的私情，而不給她半文的贍養費，如琳騎虎難下，只好空手的離開了董福。

如琳自由了以後，立刻就約懷寧到她所住的旅館裡見面。

「我自由了，現在該輪到你去奮鬥啦！」如琳驕傲地說。

懷寧望著她那嬌美的面容和豐滿的身段，痛苦得說不出話來。他愛她，但又捨不得希蘭和兩個孩子，他寧願拖泥帶水的與如琳混下去，而不忍心與希蘭離開，這便是他性格上矛盾的地方。如琳見他半天不講話，便冷笑說：

「怎麼樣？不願意嗎？」

「那裡？那裡？我是在考慮怎樣進行呀？如琳，這樣好不好？你先到高雄去等我，我在一個星期之內把手續辦好再來找你好不好？」

「好吧！就這樣決定。不過你千萬要守約，因為我身上所帶的錢不多呀！」

「我一定準時來的，你放心吧！」

如琳走了以後，懷寧整個人痛苦得好像生了一場大病；兩三天來，他神色憔悴，不眠不食，他的心情正如一個已經被人發覺的罪犯，面臨著抉擇的關頭，自首好呢？還是逃亡好呢？正在他無法解決的時候，他的大孩子突然患了傷寒病，於是他走上自新的途徑。由於孩子的病，使得這雙多時沒有交談的夫妻恢復講話；又因為他們都是熱愛孩子，所以他們兩人都急得什麼似的，花了全部的精神和時間去看護孩子。同時，由於孩子這一場病，也使懷寧決定了他的命運，他決定不再離開他的妻兒，他要斬斷他和如琳的一段孽緣，重新做個好丈夫和好父親。

如琳到了高雄的第八天，看見懷寧沒有來，便忍不住打了一個長途電話到他的機關裡去找，接電話的人卻告訴她懷寧沒有來上班，這使得如琳又急又懷疑；以後一連好幾天打電話去都找不著，如琳便知道懷寧變卦了。她不敢寫信去，恐怕信落在別人手中；她也不敢回臺北去，因為她恐怕在路上跟懷寧錯過了。

一天一天的過去，懷寧始終沒有來，而如琳手邊的積蓄已漸漸花光了。如琳在傷心失望之餘，開始覺悟到這是自己自私和玩弄愛情的結果。她為了要滿足自己的情慾，不惜拋棄了結婚十年的丈夫，而且還要破壞懷寧本來很美滿的家庭；現在懷寧懸崖勒馬，她卻已墮落毀滅的深淵，她覺得她是自食其果，罪有應得，同時她又感到自己已沒有人生樂趣，沒有前途，於是在一個晚上，如琳採取了弱者的行動，她服毒自殺了。幸而她所服的毒不深，給旅館的人發覺後，送到醫院去洗胃後就沒有事。

醫院裡出來，如琳茫無目的地徘徊在愛河河邊；路人看見她那憔悴的神色和愁苦的表情，都以為她要投河自殺，一個警察甚至遠遠的監視著她。其實，如琳這次從死神的魔掌中掙扎出來，她對愛情已經大澈大悟，她才不曾再度去尋死哩！她腦海中所有的只是茫然之感，她往何處去好呢？

偶然，她看見附近有幾個小孩子在那裡玩，他們那種天真活潑可愛的神態使如琳腦海中很快的閃過一個念頭；她不是有一個同學在近郊一家育幼院裡當教師嗎？為什麼不去找她呢？

假如能到那裡去當教員，不是一條很好的出路嗎？在優美的環境裡，以教育孩子作為終身的職業，不是可以藉這神聖的工作來洗滌自己過去的罪惡嗎？如琳想到這裡，臉上不覺露出一種得救的神色，很高興的馬上喚來一部三輪車就去找她的同學。由於她那同學的幫忙，如琳就在那育幼院裡當教師來。

半年來，她過著有規律的生活，精神十分愉快，也就漸漸的把過去忘掉了；她非常的喜愛這種生活方式，她認為以她現在的年紀，以及基於動極思靜的心理，她是可以把現在的工作作為終身事業的。

＊　＊

噹！噹！噹噹！一陣響亮的晚鐘把如琳從沉思中喚醒。四周一片沉寂，如琳發覺草地上的小孩已經走光了。

「趙老師，要吃飯了。」一聲清脆的孩子聲音在如琳身畔喚著。如琳轉過頭來一看，原來是她一個最疼愛的學生在叫她。

「好孩子，謝謝你，我們走吧！」如琳微笑的說著，就攙了那孩子的手往飯堂走去。

春色闌珊，落花如夢，但是如琳已從罪惡的夢中醒過來了。

聖母的畫像

這是一張鑲在胡桃木鏡框裡的絹畫，畫的是聖母瑪利亞的半身像。半中半西的筆法，輕淡的色彩，描繪出一張聖潔的面容：雪白的包巾下，一雙憂鬱的大眼仰望著上蒼，微開的小口彷彿在禱告，一種聖處女的美充沛在畫面上，使人不覺對宗教發生了崇敬之心。

這張畫像懸在文教授客室的壁上，當那天在文教授家裡舉行獨身者晚會時，我才第一次看到，而我一看到這張畫就被它吸引住。因為這張畫不但很美，而且那聖母的面容太像我那失踪了二十年的未婚妻了。

當我正在呆呆的站在那張畫像面前沈緬在痛苦的回憶中時，我的舉動被晚會的主人文教授發覺了，他匆匆的跑過來拍了拍我的肩膀說：

「韓流，怎麼啦？一個人站在這裡發呆？是我招待不週吧？來來，我們的橋牌要開始了。」

往常，我是一個最熱心的橋牌迷，這個獨身者晚會雖然有著各種娛樂，但我每次都寧願參加橋牌的。可是，今夜的情形又有點不同了，由於那張聖母像，我的止水般的心境已變成波濤洶湧的大海，那有心情玩下去呢？今夜我的橋牌玩得壞透了，同時我對室中的琴聲、歌聲、談話聲以及酒的氣味，烟的濃霧都感到非常憎厭；我覺得我需要安靜，於是我推說頭痛就先走了。臨走的時候我禁不住又向畫像看了一眼，天啊！那像海一樣深的眸子不就是她——江蘺的眼睛？

那一晚，我翻來覆去的睡不著，這一雙眼睛引著我穿過回憶的隧道，又回到二十年前的夢中去。

我記得，那是我在大學二年那年的暑假，我從上海的學校回到鼓浪嶼的老家去渡假。鼓浪嶼是個風景優美的小島，我從小就在那裡長大，因此我對那裡的環境非常喜愛，我尤其喜歡在海邊上玩。在我回家那一段辰光，每天清晨，我都帶著一本心愛的書跑到海邊的大岩石上躺看，或者放聲向天高歌，讓海濤聲作我的伴奏，那個時候，朝霧未散，四週沉寂，情景是非常的富有詩意的。

在那裡，從來沒有第二個人來騷擾我，我也一向視它為我的禁地。可是，有一天，當我迎著海風走向我的禁地時，我卻聽見一陣清脆的歌聲從我的禁地發出；走近一看，原來是一個陌生的女孩子站在一塊高高的岩石上引吭高歌。她穿著一身潔白的衣裳，留著長長的秀髮，迎風吹拂，飄飄若仙；她的歌聲是那麼的嬌柔，彷彿是林中鶯語，使我聽得呆了。一曲既終，我清不自禁的鼓起掌來；她聽見掌聲，發現有人在背後偷聽，嚇得像一頭受了傷的麋鹿一樣，一下子便飛一般的跑走了。在她回頭的一瞬間，我雖看不清她的面貌，但我卻記得她有一雙黑色的大眼睛和一個尖尖的下頦，年紀很輕，大概只有十七八歲。她走了以後，我一直呆呆的站在那裡，一方面懊悔沒有跟她講話，一方面也有點恨她擾亂了我的情緒。她的清影，一直縈繞在我的腦海中，我也不想看書了，只好懷著悵惘的心情回去。

第二天，我提早到海邊去，希望再碰到她，然而，我等到太陽升上半天時還沒有看見她的蹤影；第三天、第四天……也沒有看到她，慢慢的我也就把她忘了，我想，她也許是海中的女妖，那天偶然遊戲人間，恰巧給我碰到吧！

一個星期日早上，媽媽把爸爸和弟妹都打扮得漂亮亮的，同時取出我那套全白的西裝要我穿上，一面催促大家上禮拜堂去。我聽弟妹們說是有一個從南洋回來的客人中午要來我們家裡吃飯，大家先在禮拜堂會面，然後一同回家。

平日我對做禮拜已不感興趣，這天要我穿著筆挺的西服更使我受罪，我無精打采的坐在父親旁邊，好不容易才熬過那一個多鐘頭。散會後我搶先走出禮拜堂，正想先溜回家時，我聽見爸爸在後面叫我，我只好回轉頭來。我看見爸爸媽媽陪著一對陌生的中年夫婦正向我走來，在他們旁邊還有一個年輕的少女。當他們走到我面前時，爸爸對我說：

「阿流，你過來見見這位林伯伯。這位林伯母。」

我默默的對他們鞠了一躬，我聽見他們在稱羨爸爸媽媽有這麼大的兒子，然後爸爸又對我說：

「阿流，這是林小姐，你們大家都是小孩子，你陪她談談吧。」

我真恨爸爸，已經是二十歲的人了，還把我當小孩子看待，但是在客人的面前，我又不能不勉強對那少女點點頭。當我和她目光相接時，我覺得她非常臉熟，同時也發覺她用異樣的眼光在看我。陡的一個念頭閃過我的腦海，她不就是那天在海邊唱歌的女孩麼？對的，一定是她，那雙深黑的大眼，那頭長長的秀髮，還會是別人嗎？

爸爸看見我在發呆，有點不高興，就說：

「這個孩子真不懂禮貌，這麼大了還不會招呼客人，請林兄和大嫂不要見怪才好。」

在回家的路上，爸爸媽媽和林伯伯夫婦走在前頭，弟弟妹妹們則更是一蹦一跳的走得非常快，只剩下我和她在後面，一路上我窘得怎樣也說不出話來，而她也非常不好意思似的只顧低頭走路。

在飯桌上，我們沒有講過一句話，爸媽和客人卻十分健談。飯後，媽吩咐「孩子們」到起居室去玩，我如獲大赦似的一個人先溜，不料媽媽卻挽著她跟著進來。媽媽說：

「流呀！怪不得爸爸說你沒有禮貌，你怎能把客人丟下就走呢？我告訴你，林小姐將來也要到上海去考大學，到時你這個當哥哥的人是要負起照顧她的責任的，你們現在怎能不先認識認識呢？流，你彈幾首曲子給林小姐聽聽吧。」

媽媽這幾句話，把我和她都說得臉紅了。媽媽講完了，又不由分說的去把鋼琴打開了，嘴裡一面說：

「流呀！來吧。我希望你不要讓你媽媽失望。」

媽媽是我的鋼琴老師，為了不願垮她的臺，我勉強的跑過去坐在琴旁，彈起了那首我最心愛的舒伯特聖母頌。在彈琴的時候，我是暫時忘記了我的窘境；但是當一曲既終時，清脆的鼓掌聲忽起，我迷惘地回轉頭來，媽媽已走了，只有林小姐微笑地坐在沙發上望著我，這一來，使得我更窘了，我很不好意思地站起來，走向窗前。她卻大方地開口說：

「韓先生，你彈得很好，這是我最喜歡的一首曲子，你再彈一遍好不好？」

「假如我肯再彈，你肯唱嗎？我聽見過你唱歌的。」由於她的態度大方，使得我膽子大起來了。

「你這個人真壞。」她說著又是嫣然一笑。我知道她默許了，就興高采烈的再度走向琴邊，彈起聖母頌。果然，她真的和著琴聲唱起來，她那圓潤的嗓音彷彿如珠落玉盤，清脆動聽；我聽見起居室的門被打開了，我看見我的雙親和她的父母都一擁進來，她唱完以後，大家都熱烈的鼓起掌來，我偷偷看她一眼，她兩頰緋紅，害羞得頭也不敢抬起來了。

自此以後，我們兩家成了通家之好，常常來往。我和她——江離經常在一起玩，海邊上那塊岩石不再是我的禁地而變成了我們兩個人的樂園；薄霧的清晨，月明的晚上，我們都會在一起讀詩、唱歌、划船、游泳，生活過得非常愉快。

暑期過去，她就跟著我到上海去，她考進了音專，我仍然攻讀我的中國文學。在那一學年內，彼此都在忙自己的功課，一個星期才會面一次，但是我們兩人的感情卻就在那時期急劇的進展著，慢慢的我發現我們已互相愛上。

第二年暑期，我們一起回家，兩家家長立刻察破了我們的心事，就為我們訂了婚，準備在她畢業後就舉行婚禮。

訂婚後的我們彼此更為相愛。江蘺是個恬靜的女孩子，不愛活動，不愛多言，臉上永遠帶著聖潔的笑容。我的個性和她差不多，也是愛靜的，我們常常在計畫等婚後的生活，我們準備在鼓浪嶼的海邊上造一幢小洋房，房子要布置得幽雅而舒服；當我在窗前寫作時，她便坐在我身旁看書或打毛線，空閒的時候，我彈琴，她唱歌，使她不忘所學；我們要養很多的孩子，使家庭中充滿了活潑歡樂的氣氛，我們抱著於人無求，與世無爭的態度，只望兩人廝守著過一輩子。

在江蘺修完她第二年課程時，我在大學畢業了。為了方便照顧她，我在上海找了一份報館的差事。那份工作十分輕鬆，我有很多空餘的時間，在她有課時我感到相當無聊，由於我對繪畫很有興趣，於是我找了一位畫家來教我畫油畫。

那個畫家收了幾個學生，其中有一個法國青年，名叫菲力浦，和我一見如故；不久，我們就成為好朋友。菲力浦是個非常可愛的人，他有著法國人的藝術天賦，不但長於繪事，而且拉得一手好提琴；他丰度翩翩，瀟洒不凡，使我對他十分傾倒。我在認識他不久之後，就把他介紹給江蘺認識；有空的時候，我們三個人時常舉行小型的音樂會，江華唱歌，我彈鋼琴，他拉小提琴，其樂融融。

當我們三個人在一起時，我們從來不曾想到國族的問題。菲力浦原是法國富家子，他因為仰慕我們東方古國的文化，所以獨個兒來上海居住，他的中國話說得很不錯，由於我的英語不太高明，所以我們往往用國語交談；江蘺是南洋歸僑，英語說得很好，所以他們在一起時，比較常用英語。我對這一點完全沒有感到妒忌或不安，因為我們三人的感情是那麼融洽，我常常覺得我們好像是嫡親的兄弟姊妹一樣。

江蘺原是個非常恬靜沉默的女孩子，她除了喜歡讀書和音樂外，沒有其他嗜好，自從菲力浦加入我們的天地中以後；江蘺變得比較好動了；只要有閒暇，她就提議去玩，她對跳舞，看電影、旅行、游泳等都變得非常有興趣。這一點，我認為是菲力浦對她的影響，我心裡非常感激他，因為我覺得以前的江蘺太文靜了，現在的才像一個年輕人，她是應該活潑一點的。上海有的是玩的地方，那一段時期我們真是玩得夠了。

當江蘺還有一個學期就要畢業時，我們便積極準備結婚的事，我們跑遍了上海的大公司，為我們未來的家庭購置用具，為我們兩人購置衣服，甚至連嬰兒的衣服用品我們也準備好了。我們出去採購時，菲力浦偶然也會參加一起，而且也貢獻他的意見。而江蘺每次在採購時，總是默默的嬌羞無語，也許她是因為快要作新娘子而感到不好意思吧！

在她舉行畢業禮那天，我和菲力浦一起去觀禮，江蘺穿著白紗禮服，手執鮮花，站在她的同學中間，她顯得非常清麗絕俗。我對身旁的菲力浦說：

「菲力浦，你看江蘺多美，多像聖母瑪利亞，你什麼時候替她畫一張像吧！」

菲力浦也正在看她看得出神，完全沒有聽見我的話。當時我很以自己的未婚妻這樣漂亮，這樣有吸引力為榮。我輕輕的捏了他一下說：「老兄，你也應該找個女朋友啦！」

菲力浦衝我笑了一笑，他的笑容是那麼可愛，我心裡不覺有點奇怪，這樣一個美男子，怎麼會沒有女朋友呢？

那天晚上，我們三人一起到最華貴的大飯店裡去吃晚飯，飯後又跳舞跳到半夜。我們準備過兩天便回鼓浪嶼去，我還約了菲力浦同去參加我們的婚禮，菲力浦答應了。

第二天江蘺從學校裡打一個電話給我，說她感覺很疲倦，想休息一天，叫我不要去找她。想不到等我去找她上船時，她竟已離校，而且永遠離我而去了。

那天，當我一踏進她宿舍的門口時，看門的女工便遞給我一封她寫給我的信，同時告訴我她已離去。我一接到信，便知一定有什麼不幸發生了；我用顫抖的手拆開了信，她原來清秀的字跡，此刻顯得非常的凌亂與草率。信是這樣寫的：

流：

我真不知道該如何的向你開口，也許是命運注定我們兩人不能結合吧！菲力浦竟在我們之間出現，而且他竟把我的心從你那裡奪走，這不是天意是什麼？不瞞你說，我和菲力浦在一年前就已暗暗戀上了，他為了不願妨碍我的學業，所以我們一直忍耐到今天才採取行動，你讀到我這封信時，我們已趁上赴歐的郵船了。流，我欺騙了你，我不敢請求你的原諒，只希望你把我忘了。末了，祝珍重你

江蘺留字

我一口氣讀完了這封短信，它來得這樣突兀，使我有點不相信我的眼睛；然而當我重讀一遍時，那上面的字句仍然告訴我：江蘺與菲力浦私奔了。這一個驟然而來的意外，一下子使我頭昏腦脹，我沒有憤恨和悲哀，只是緊緊的捏住那封信，半天沒有動作；後來我發覺很多女生在旁竊笑，才惘惘的離開了她的學校。在路上走著時，我的腦筋稍稍清醒，我就開始替這件事情分析；我認為江蘺是不會背叛我的，因為我們已有了幾年深厚的愛情，她這次逃婚，一定是被菲力浦所迫脅。但是，菲力浦會是那種人嗎？他是個正人君子，而且我們是好朋友，菲力浦不會這樣做的。那麼，這又是怎麼一回事呢？突然間，我想到上海這個地方常常發生的綁票案，江蘺是富家女，她會不會被匪徒綁去而迫她寫這樣的信給我呢？想到這裡，我不禁要罵自

己的愚笨，我為什麼不去看看菲力浦？假如他還在的話，那我的假想就可以證實了。

然而，當我匆匆跑到菲力浦所住的公寓裡時，他的房東也告訴我，他已回歐洲去了。我的假想既不成立，那麼，他們的私奔便應該屬實了。我開始痛恨他們，我同時也恨所有的女人和外表漂亮的男子；我草草的把我們購置好的結婚用品廉價賣掉，帶著那封信和一顆受創的心回鼓浪嶼去。

當我的岳家知道了這個噩耗之後，他們除了極度的哀傷之外，全都把這件事的責任推在我身上，他們埋怨我不該讓江蘺和菲力浦那樣接近；他們雖然沒有要我賠償女兒，可是我已因氣上加氣而病倒。

我一病便病了半年；病好以後，我因為想改換環境，就離開疼愛我的雙親出門去。二十年來，我當過隨軍記者，也渡過戎馬生涯；我的足跡踏遍西北西南各省，由於過著流浪的生活，江蘺的影子早已從我的記憶中淡去，而且，從此我的生命中也再沒有過女人，就是同性朋友我也不會對他們披肝瀝膽，因為我當年所受的教訓太大了。

想不到那夜在文教授家中看到這張聖母的畫像，又勾引起我二十年前的往事。我想；這張聖母像不但面貌與江蘺相似，而且畫法也與當年菲力浦畫的相像，這極可能就是菲力浦替江蘺的像；但是，它為甚麼落在文教授手裡？也許他會知道他們的消息也說不定。他們雖會欺騙過我，但事過多年，我已不再恨他們，我還是想知道他們的情形的。

昨天，我特地為這件事去找文教授，那時，他正靜靜地坐在鋼琴前面彈奏著修曼的夢幻曲，琴音憂鬱異常，我想這位四十餘歲的獨身者也許和我一樣有著無限的心事吧！我默默地坐在一旁聽他彈奏，沒有打擾他；等他一曲告終，我就直接的把我的來意說明，我問他可知道這張聖母像是誰畫的。文教授聽了我的話，想了一會才回答我說：「這是一個法國畫家畫的。怎麼？你對這張畫。很有興趣是嗎？」

「法國畫家？他的名字可是叫菲力浦？」我沒有回答他問我的話，我只以我對這張畫的猜想漸次接近而感到興奮。

「是的，他正是菲力浦，畫中人就是他的太太，你認識他們嗎？」文教授詫異的看著我說。

「文教授，他們都是我的朋友，我和他們已有二十幾年沒有通消息了，你可知道他們的近況？」我焦急的問道。

「說起來話可長了，這裡還有一段哀怨動人的故事哩！」文教授點起他的烟斗，有準備長談的姿勢。

「這個故事，我還沒有告訴過別人；不過，你既是他們的朋友，我就告訴你吧，也好把我心中的抑鬱發散一下。」

「十多年前，當我在巴黎留學的時候，由於我愛好美術的關係，我認識了一個年輕的法國畫家，他就是菲力浦，我和他很快就成了好朋友。有一次，他告訴我他太太也是中國人，她來法國已經好幾年，現在常常思鄉，他希望我去和她認識，也好跟她談談家鄉的情形。

菲力浦的太太姓林名江蘺，你想，她是這樣的溫柔可愛，一個人遠嫁異國，怪寂寞可憐的，我對她竟因同情而生出愛念來了；但是我不敢對她表示，因為我不願破壞他們夫婦的感情。後來，我發現菲力浦並不愛她，他原是個浪漫的法國人，在外面有很多情婦，常常喝得醉薰薰的回家，一不高興就把江蘺拳打腳踢。這些情形我都看在眼裡，但江離從來沒有對我訴過苦，她對菲力浦的打罵全都逆來順受。

終於，我忍不住了；找到一個機會，我對她表示了我的愛意。我勸她脫離菲力浦跟我回國去；江蘺流著淚告訴我，她不能接受我的愛。她深深的愛著菲力浦，她甘願受他的折磨，請我不要以她為念。

從此以後，我為了不願擾亂她的情緒，我不敢再去找他們，也沒有跟他們再見過面。在我回國後的第二年，我突然接到從巴黎寄來的一件包裹，那就是這一幅聖母像，以前我看見過它懸在菲力浦會客室中的；包裹中附有一封江蘺的親筆信，她約略地告訴我，菲力浦已棄她而去，不過她並不恨他，因為她以前也曾拋棄過他人，這是她應得之報，當年她是和菲力浦私奔出國的，所以她現在無顏回國，再見她的父母和一切親友，現在已進入巴黎某修道院，將在此渡過餘生。因為她感激我當年對她的一段深情，故將此畫相贈，留作紀念。」文教授說到這裡，唏噓不能成聲，而我也忍不住潸然淚下了。文教授沒有注意到我，又哽咽著繼續說：

「這就是我終身不娶的緣因。韓流，她真是一個十分美好的女孩子，她不但外表美麗，而且靈魂也純潔得如聖母一樣。我只奇怪她對菲力浦為何那麼死心塌地，為什麼又自甘關進修道院？她說她會經拋棄過別人，不知這是什麼意思？韓流，你說認識他們夫婦，你可知道他們以前的事嗎？」

我難過得半天說不出話來，文教授驚奇雄望著淚眼糢糊的我，問道：「韓流，你為什麼這樣傷心？難道……」

我點了點頭，接著我也把我的故事全部告訴了他。

文教授聽了我的話，長嘆了一聲說：

「命運真太會捉弄人了，一個聖母型的女子，遇到三個凡夫俗子，以致演出這如許悲劇，我們能怪誰呢？怪菲力浦嗎？他原來也是愛她的呀！韓流，我總算比你幸運，我所受的創傷還沒有你來得嚴重，可憐你已為她受了半生的痛苦。這張畫送給你吧！你才是她值得送畫的人呢！」

我正要推辭時，文教授已把都幅畫從牆上摘下來了。對著這幅聖潔的聖母像，我彷彿看到江蘺在萬里外巴黎的修道院中過著修行日子的情形，她不是正在刑罰著自己的身心麼？一個人偶然的失足對自己的生命影響多大呀，願上帝饒恕她吧！

白衣之戀

這是一個星期日的下午，城郊綠蔭叢中那所聖瑪利醫院顯得靜悄悄的：大部分的醫生護士都進城渡假去，病室中的病人在午睡，當值的醫生護士也都暫時停止活動；偌大的一座醫院寂靜無聲，空氣也彷彿凝滯不動了。

這時，醫院的圖書室中有一位護士小姐獨自埋頭在書堆中用功。她名叫李雪清，是一個孤女，她沒有親戚也沒有朋友，所以她在禮拜天從來不出去玩，除了上午去教堂做做禮拜以外，她都是獨個兒躲在圖書室裡，不是看書，就是在做她的白日夢。她年紀很輕，只有二十歲上下，人長得不漂亮，有一副瘦小的身材和一張平凡的面孔；可是她性情很好，很和氣，見了人總是笑咪咪的，所以了起來使人覺得她很可愛。

今天的她，心神似乎很不安寧，她不時的從書本上抬起頭來望向窗外。從這扇窗子，她可以看見對面一幢美麗的小洋房，這幢小洋房的牆壁上爬滿了長春籐，窗門上部掛著淡紫色的窗帘，使人一看見就感到家的溫暖。當李雪清呆呆的看著這幢房子時，那房子的門打開了，裡面走出來一男一女和一個三四歲的小孩；那個男的是一個高大英俊，三十出頭的青年人，女的則是一個雍容高雅，風華絕代的少婦，兩個人一個人攙著孩子一隻手，邊說邊笑的走了出來。雪清一直目送著他們從窗外走過，不禁輕輕的嘆了一口氣，在心裡說：

「誰說他們夫婦感情不好呢？這恐怕是人家妒忌他們吧！」

這一對夫婦就是聖瑪利醫院的院長秦迦和他太太梅玲。秦迦原來也是孤兒出身，他從小過著半工半讀的生活，由於他的聰穎和勤敏，使他在醫科大學畢業以後，又有了留美深造的機會，從美國回來，他就在這家醫院任外科醫師，前任的梅院長非常的賞識這位年輕有為的醫師，而梅院長的小姐梅玲對這位儀表出眾的青年人也是十分分愛慕；於是，在很自然的發展下，秦迦就成為梅院長的乘龍快婿。去年，梅院長逝世了，秦迦就接管了這家規模宏大，業務發達的醫院。照理，秦迦以一個貧苦出身的孤兒，一旦榮任院長，又娶得了如花似玉的太太，應該是世間最得意的人吧！然而全醫院裡的人都知道，秦迦並不快樂，因為他雖然得到了名譽和地位，他並沒有得到愛情。梅玲是一個嬌生慣養的小姐，脾氣十分驕橫，她把丈夫視同奴隸，婚後的秦迦簡直如同關進了監牢，使他大大的感到吃不消；以來性情溫和的他變成了十分暴燥，原來活潑的他變成了默默寡歡。然而，他在妻子面前卻又強顏裝笑，因為他留戀他的地位，而他的地位是由於妻子的關係得到的呀！

雪清看到他們夫婦親熱的樣子，一方面懷疑他人所講關於他們夫婦的閒話，一方面又為自己一個多月以來的微妙感情感到害羞。

雪清是在一個多月以前才來到這家醫院工作的，她一到職便被分派到外科去。秦迦是以院長身分而兼任外科主任的，雖然他從來沒有注意到這個矮小而害羞的護士李雪清，甚至連她的名字也不知道，但雪清在第一眼看到秦迦時，她的心便被他那瀟洒不凡的風度吸引住了。

秦迦是一個醫術很高超的外科醫師，他最擅長開刀手術，他那穩定而快速的手法曾經救活了很多重症垂危的病人。當他在手術檯前工作時，兩道濃黑的眉毛緊鎖在一起，充分的顯出了剛毅的男性美，他的下半部面孔雖然被白色的口罩遮住，但是誰都可以想像出那裡面該是兩片薄薄而有力的嘴唇。雪清每次在秦迦身旁做傳遞器具藥品的工作時，老是忍不住偷偷的注視著秦迦的臉，她覺得這位俊美的醫師正是自己夢中的王子。雖然秦迦從來沒有看過她一眼，而她也知道秦迦有了太太，但是她還是禁不住要去喜歡他，她愛做白日夢的習慣使她幻想著夢境有成真的一天。

當雪清正在胡思亂想的時候，她聽見一個親切的聲音在叫她：「李小姐。」

雪清抬起頭來一看，原來是這個醫院的內科主任馬大夫正在微笑的站在她面前。在這家醫院中，所有的護士都是需要在各科輪流工作的；雪清剛來的時候在外科工作了一個月，現在已調到內科去。馬大夫是一個很和靄的中年人，他有著微禿的頭額和矮胖的身軀，對待病人及手下都非常的親切，臉上老是掛著微笑，全醫院裡的人都很喜歡他，大家都覺得他與秦院長是兩個截然不同的個性。

「李小姐真是用功，星期日還待在圖書館裡。」馬大夫又繼續說。

「馬大夫，我這樣那裡談得上用功？我只是沒有地方好去，才在這裡消磨日子而已。」雪清說。

「李小姐的家不在這裡嗎？」馬大夫說著一面坐下來。

「我沒有家，我的雙親都去世了。」雪清低著頭回答。

「呵！」馬大夫似乎也不善於辭令，好半天都想不出一句安慰雪清的話，就改口說：

「李小姐，你的工作成績很好，雖然你來了沒有多久，但我已看出你是一個很好的護士；你對你現在的工作感到怎樣呢？」

「馬大夫，謝謝你的誇獎，我很喜歡在這裡工作的。」

「李小姐，我現在想進城去看一場電影，我也沒有伴，你願意跟我一同去嗎？你這樣整天的悶在屋子裡對身體是有影響的。」馬大夫又接著說。

李雪清自進入醫院工作以來，已有一個多月沒有出去；在她那種年紀當然是極想出去玩的，但是她從來沒有跟男人出去過，而且她跟馬大夫也不太熟識，她因此遲疑不決，久久沒有開口。馬大夫似乎窺破了她的心事，又接著說：

「李小姐，你不要害怕和我在一起，在這個醫院裡誰都知道我是個十分隨便的人，你就把我看成你的叔叔或哥哥吧！我在這裡等你，你準備好了我們一起走。」

由於馬大夫那種親切而自然的態度，使得李雪清消滅了一切疑懼的心理，於是她陪著馬大夫渡過了一個愉快的下午。從此以後，馬大夫經常約她出去玩，在她孤零的身世中也開始嚐到一點新的樂趣。

又過了幾個月，當雪清在醫院中每一個科室都服務過以後，她重新又調到外科去。在她回到外科去的第一天，門診時間結束以後，病人都走了；秦院長脫下了他的白衣，在洗手盆中洗過了他的手，正想離去時，他看見李雪清一個人在收拾診室中的醫藥用具，她那張樸素的臉以及敏捷的工作態度，使他恍然如有所得，於是他破例的跟她講起話來：

「小姐，你以前是不是曾在這裡工作過？」

「是的，院長。我剛來的時候就在您這裡工作，後來又調到其他的科室去，這一次是第二次調到外科來。」雪清很有禮貌的回答說。

「對了，原來就是你。我記得幾個月前，我發現外科有一個手足很靈活而做事做得很有條理的護士，她很能和我合作，後來不知怎的又見了。她走了以後，我老是覺得其他的護士都是笨手笨腳，不能使我滿意，現在你回來，我替人看病可以痛快一點了。」秦迦一下子說了這許多話，真是使雪清又驚又喜，誰說秦院長驕傲而孤僻呢？他對我多和氣呀！當雪清正在受寵若驚的想不出話來回答，想不到秦迦一講完話便走了，於是雪清重又跌落失望的深淵裡，她想，秦迦這個人多怪呀！

雪清自從聽了秦迦那幾句誇獎的話以後，精神便彷彿有了寄託，她知道秦迦對她印象很好，因此她心裡非常安慰，同時對工作也加倍努力，很快的她的她便成為全醫院都知道的優良護士。

這個時候，雪清發覺馬大夫也止在拼命的向她表示好感；雪清雖然完全沒有戀愛經驗，然而直覺告訴她，馬大夫正在追求她哩！對於這位和善的中年醫生，雪清一向是非常尊敬的，她真的視他如同長輩，對於他的常常帶她出去玩樂，使她孤苦的人生有了生氣，她是非常感激的；不過，她並不愛他，她一顆純潔的心已寄託在秦迦身上。她雖然明明知道秦迦有妻有子，她不應該再去愛他，而且她的外表和學識都配不上秦迦，然而她還是把自己的心寄在他身上；她並不希望他知道，更不希望有結果，她覺得這種愛是最神聖的。在這種情形下，對於馬大夫的追求感到十分的苦惱，她不願意接受他的愛，但也想不出理由來拒絕他的愛。

在馬大夫方面，也感覺到雪清對他的態度太不明朗，他想也許是她太年輕，不懂得他的心事吧！在一次的出遊中，馬大夫找著個機會，就對雪清說：

「雪清，我們認識了這麼久了，你對我有什麼感想呢？」

「你是一位優良的醫師，一位標準的好好先生，這是大家都知道的事，為什麼還要問我呢？」雪清回答說。

「唉！雪清，你真的不知道我的心事，讓我告訴你吧！我年輕的時候，因為太重視我的事業，以致一直沒有機會去交女朋友。現在，不錯我的事業已有了點成就，我是個著名的內科醫生了；可是，我的心開始感到空虛，我渴望著有一個溫柔婉淑的女性做我的伴侶。後來，遇到了你，你正合我的理想，我喜歡你的天真純樸，我知道你有良好的德性，於是我選了你做我的女友。不過，我們彼此年齡差得太遠，我不知道你的心怎樣？雪清，你能夠告訴我嗎？」馬大夫一口氣說完了這許多話以後，很焦急的看著雪清，等候她答覆。雪清雖然早就料到馬大夫會提出這些話，但是她也感到十分難以回答，過了半天，她才期期艾艾的迸出了這幾句話：

「馬大夫，我不知道我該怎樣回答你；我年紀還輕，我從來沒有這些經驗，也從來沒有考慮到這些問題。不過，我可以說我很喜歡你的，我把你看成我的長輩一樣。」

馬大夫聽了雪清的話，很失望的說：

「雪清，我知道我是太老了。」

「不，你並不老，你不要難過吧！」雪清對馬大夫的失望也感覺到非常抱歉，但是她不能對他說出太甜蜜的話，因為她沒有辦法把她的心從秦迦那裡收回。經過了這次談話，馬大夫並沒有了解雪清的心事，而雪清也更加不忍拒絕馬大夫的好意，於是他們之間的愛情也就仍舊處在那種微妙的狀況中。

雪清在聖瑪利醫院工作了快一年之後，聖誕節來臨了。這一個聖誕節是個重大的日子，因為那剛好是醫院的十週年紀念，這一天，醫院舉行了一個盛大的紀念儀式，晚上還有聚餐和舞會。

在醫院的十週年紀念會上，雪清和其他幾個因為工作成績優良或是服務年資久遠的護士都獲得獎狀。秦迦穿著筆挺的西服在臺上致詞，更顯得英姿勃發；當他頒獎給雪清時，雪清覺得他似乎很深情的望了她一眼，使她不覺整個人都陶醉了。

晚上，雪清剛巧要輪值病房，所以沒有參加舞會；不過，她卻可以從病房的縷窗上望到大禮堂中舞會的盛況：大禮堂中張燈結綵，當中裝飾了一棵很大的聖誕樹；參加舞會的醫生、護士以及來賓，都打扮得非常漂亮；在悠揚的樂聲中，雪清看見秦迦擁著他太太梅玲第一對翩翩起舞。梅玲是多麼美麗呀！一襲天藍色的軟緞晚服把她襯托得更加雍容華貴，和秦迦正好是一對璧人，雪清的心不禁泛起了一絲妒意。當雪清正在默默的憑著窗欄胡思亂想時，突然間有一隻手輕輕的搭上了她的肩頭；雪清回頭一看，原來又是馬大夫，正在笑盈盈的站在她背後。雪清很驚異的說：

「咦！馬大夫你為什麼不去跳舞？」

「我在舞會中找不到你，一打聽原來你在當值；我怕你寂寞，所以來看看你。同時還要為你的得獎來向你道喜。」

「謝謝你，馬大夫。我不會寂寞的，我現在還有工作哩！」這時的雪清已經把整個心繫在秦迦身上，所以馬大夫來向她獻殷勤使她感到十分厭煩。馬大夫察覺到她的冷淡，心裡十分難過，也就不再說話，默默的站了一會，就快快的離開了。

時間在無聲的消逝著，不覺已是午夜時分。寒冷的夜空中響澈了清越的鐘聲，舞會宣告結束了。這時，與會的人齊唱著那首神聖和平的〈平安夜〉來歌頌基督的誕生；正在病床邊工作的雪清聽了歌聲，不覺感懷身世而潸然淚下。

突然，雪清看見病房的門被打開了，秦迦獨自一人出現在她的眼前，在雪清正在錯愕得說不出話來的時候，秦迦卻走進房來微笑的對她說：

「李小姐，你運氣太不好了，今夜還要常值，我剛才突然才想到病房裡的病人和當值的護士小姐們太被冷落了，所以我來看看你們。病人們都好好吧！」

「謝謝你，秦院長，他們都很好。」

「你是全醫院中最優良的護士，他們得到你的看護，當然都很好啦！是嗎？」一向嚴肅的秦迦今夜顧得有點不正常，竟然笑嘻嘻的開起玩笑了。當雪清又是錯愕得說不出來的時候，她看見秦迦的太太梅玲氣冲冲的衝進房間來。梅玲一進房來便指著秦迦罵道：

「好傢伙！舞會一結束你便失踪，害得我到處找你不著，卻原來躲在這裡跟護士調笑，你膽子好大，還不趕快跟我滾！」梅玲的聲音愈說愈大，秦迦卻始終噤若寒蟬；雪清在旁邊實在看不過眼，就對梅玲說：

「秦太太，請你講話輕一點好不好？病人們都在睡哩！」

「咦！你倒管起我來！你這個小賤人，三更半夜在跟院長勾勾搭搭的做什麼？我還沒有罵你，你居然敢干涉我的行動，真是反了。秦迦，她叫什麼名字，明天把她開除了。」梅玲一雙大眼瞪著雪清，狠狠的說，一向雍容華貴的風度不知那裡去了。雪清看見梅玲這樣無理取鬧，心中氣極，她想秦迦一定會替她說幾句好話的，誰知秦迦卻是陪著笑的對他的太太說：

「玲，現在太晚了，我們回去睡吧！一切明天再說。」他說完了挽著梅玲的腰便走，連看都沒有看雪清一眼。雪清望著他們那親熱的背影，氣得眼淚撲簌簌的落個不停，幸虧病房中燈光幽暗，而且病人全都睡著了，故而沒有人看見這幕活劇，否則她多難為情呵！想不到她那「夢中王子」秦迦竟是這樣一塊廢料，梅玲的妒悍竟又如此厲害，與其明天被醫院開除，不如趁早自己辭職好一點。但是，辭了職她能到那裡去呢？她原是個舉目無親的孤兒呵！

第二天早上，交了班以後，雪清回到她的宿舍去，考慮了半天，最後還是決定離去。她一面流著淚，一面收拾行李時，工友來告訴她院長召見，雪清想這次完了，一定是秦迦要把她開除了。她懷著一顆忐忑而氣憤的心到了秦迦的辦公室，卻見秦迦笑嘻嘻的一副若無其事的樣子，見了她便說：

「關於昨天晚上的事請你不要介意，我的太太脾氣就是這個樣子，你不必認真。關於她說要開除你的事，我已向她說情，我說你沒有過失，不應該把你開除，記大過一次便算。她大概看你年紀小，並不怎麼恨你，所以她答應了。李小姐，記一次大過不算什麼，你用不著難過的。」

聽了秦迦這一番話，雪清氣得差點暈過去了。秦迦這一番話，充份的表現出他是個沒有骨氣，懼內和公私不分的人；此刻的雪清已經完全從她的美夢中醒過來，對秦迦感到異常厭惡了。她抬起頭來用堅定的聲音對秦迦說：

「秦院長，我不能接受你的意見。我在工作上沒有過失，也沒有對不住秦太太的地方，我不能無故被記大過；這裡既容不了我，我可以離開，我想，憑我的雙手去工作，是不會餓死的。」

雪清理直氣壯的說完了她的話，掉頭就走。秦迦絕對沒想到雪清有這樣的膽子來頂撞他，一下子竟楞住了。雪清氣冲冲的從院長辦公室出來要回宿舍去，在走廊上不小心就撞到一個人的身上，待她要對那人道歉時，原來那人卻正是馬大夫。馬大夫看見她神色有異，就把她攔住問道：

「雪清，什麼事情使得你匆匆忙忙的？」

雪清以前雖會為了暗戀秦迦而拒絕了馬大夫的愛，但此刻在受了挫折之後，馬大夫便成了她唯一可以訴苦的人；經過馬大夫一問，她竟忍不住嗚嗚的哭起來了。馬大夫看見她哭，心裡很急，同時也恐怕被別人看見，就把她帶到一間沒有人的貯物室裡，對她說：

「雪清，不要哭了，給別人看見不好意思的。有什麼因難告訴我吧，只要我能力做得到，我一定幫助你的。」

「我要離開這裡了。」雪清嗚咽的說著，同時又把她昨天晚上和剛才的遭遇都告訴了馬大夫。馬大夫聽了她的話，沉思了一會然後說：

「秦院長這個人無疑的是一個好醫生，但他卻不是我們理想的院長，因為他太軟弱，太沒有主意了。這次的事他既然這樣不講道理，你當然不值得再待在這裡，雪清，你假如不嫌的話，我倒可以替你的前途作打算；我在很久以前就計畫要自己開業，但因為種種條件還沒有成功，現在一切都差不多準備停妥了，我預備過了年便離開這裡自己開設診所。你正是我理想中的助手，如果你願意，你現在可以先到我家裡去和我的老母親同住一個短時期，等我正式離開這裡之後，我們便可一同建立我們的新事業了。雪清，你這次所遭逢的不幸，我覺得好像是冥冥中上帝的意旨，我想他一定是選定了你來和我合作的，不然的話，為什為時間都湊在一起呢？」

馬大夫這一番誠懇而真摯的話使雪清感動得流下淚來，此刻她了解馬大夫確是一個仁慈的君子，深為自己過去對他冷淡而感到負疚。她低著頭說：

「馬大夫，你這樣幫忙我，我該怎樣報答你呢？」

他那和善的目光從近視眼鏡後面透出來，馬大夫微笑的握著雪清的手說：

「雪清，你錯了，人類間的互相幫忙難道都要談報答的麼？請你不要以為我在幫助你，將來也許有一天我要你幫助我呢？」

雪清提著簡單的行李，由馬大夫伴送著離開聖瑪利醫院。在醫院門口候車的時候，雪清回頭再看了看醫院一眼，這座精緻的洋房在冬日的陽光下閃閃發光，縹緲彷如仙景；雪清又看了看身旁的馬大夫，他是顯得那麼隨和而實在，正在微笑的對她看著，雪清覺得自己彷彿一下子從夢境中回到現實來了，而過去那個夢境又是多麼荒唐而險惡呵！

曇花

前天晚上，當我正在報社裡編排新聞稿的時候，工友交給我一封快信，是去年我在淡水養病時的房東寫給我的。離開他那邊以後，我們從來沒有通過信，現在他為什麼要寫信給我呢？我心裡覺得十分奇怪，就連忙把信拆開來一看，信是這樣寫的：

心源先生：

小女雪兒患肺病數年，屢醫不愈，近日病榻上頻呼先生之名，亟思一面，見信懇枉駕一晤，以慰穉女之心，臨書悽切，不盡欲言，餘容面敘。敬頌

日祺

弟柯日昌敬上

看了柯先生的信，我不覺大駭。雪兒有肺病我是知道的，但我離開她家的時候，她不是天

天在服藥打針，而且病況日漸好轉嗎？為什麼現在又說她病危呢？雪兒是我的小朋友，在我居住她家的月時光之中，因為同病相憐，我們有了很密切的感情；分別的時候，我答應過一個時期再去看她。後來因為事忙一直沒有去過，想不到這聰明可愛的小女孩竟敵不過病魔的糾纏，將要離我而去了。我心裡悲痛萬分，就向上級請了兩天假，第二天清早立刻坐火車往淡水去。

在火車上，我體味著柯先生信裡所說「病榻上頻呼先生之名，亟思一面。」這兩句話，去年我和雪兒相處的情景，又一一湧現腦際。

去年，我因為擔任報社裡大夜班的工作太久，不幸染上了肺病，報社體念我工作多年的辛勞，除了津貼了我一筆醫藥費之外，還給了我半年的長假。於是我拿了這一筆錢去求醫，拚命打針吃補，因為這病是剛剛起的，所以三個月後就差不多好了。醫生說我所住的宿舍空氣太壞，應該換換環境，可以快點恢復健康，於是在朋友的介紹下，我就做了淡水柯日昌先生的房客。

柯先生是本地人，過去曾在大陸受教育，現在他在家鄉開了一片店鋪，過著優悠的日子，家裡除了一位日本式的太太以外，還有三個孩子，大的女兒就是雪兒，下面兩個是男孩子，大的叫培培，小的華華。

柯先生的房子建在淡水鎮的郊外，靠山面水，環境十分幽雅。他分租一間八疊的房間給我，並不是為了要租錢而完全是為了情面，所以他們一家待我都非常客氣。

柯先生店鋪事情很多，白天都不在家裡。柯太太不大會講國語，所以日常和我接觸得最多的就是那三個孩子。雪兒那個時候是十五歲，長得很瘦小，面色蒼白，但是十分秀美，兩顆烏黑的大眼睛表現出她的聰明和早熟。

我記得我到達淡水的第一天，柯先生把他的孩子們介紹給我，我問雪兒在那裡上學，她沒有講話，只用眼睛看看我，她爸爸代我回答說她有病輟學在家時，我就對她十分憐愛了。

我剛到那裡的頭幾天，雪兒很害羞，不大跟我講話；倒是她兩個弟弟，十歲的培培和八歲的華華，跟我十分要好，整天纏著我，不是要我講故事，就是要我帶他們到海灘去玩。

我們每次出去玩的時候，總看見雪兒抱著一隻小貓躺在露台裡一隻靠椅上，有時在看小說，有時就呆呆的望著園裡的花木，甚至望著遙遠的大海，若有所思。

我實在不願意看見一個年輕的女孩這樣沉默，這樣不活潑，因此，有一次我就招呼她和我們一同出去玩。她除了很禮貌的拒絕了我以外，她還罵她兩個弟弟說：

「你們兩個不要整天纏著吳叔叔好不好？人家吳叔叔是來調養身體的，不是來陪你們玩的，你們再不聽話，我要告訴爸爸了。」

想不到這個沉默的小女孩竟會這樣關心我，我很感激的望著她說：「雪兒，謝謝你的關懷！我陪他們去玩玩是對身體沒有什麼妨礙的。相反的，像你這樣整天待在家裡不動，才有害於健康呢！雪兒，你不是也有病嗎？」

聽了我的話，雪兒瞪著兩隻深湛的大眼睛望著我，慢慢的說：「你們去玩吧！我的事情你不要管我。」說完了就把眼睛閉起來，不再理我了。

我被雪兒奇怪的舉動所迷惑，就不再講話。我領著兩個小男孩到海灘上去，我問他們說：「你們雪兒姊姊是什麼病？你們知道嗎？」

「我不知道什麼病，以前雪兒姊姊常常咳嗽，身體愈來愈瘦，爸爸請醫生來給她看病，醫生叫她在家休息，不要再上學去。」培培說。

「雪兒上那一年了？」我說。

「姊姊本來上初中三，她每一個學期都考的第一名呢！」小的華華也搶著說。

從這兩句簡單的談話中，我推測出雪兒患的是肺病，跟我一樣，我是積勞成疾，她是用功過度。以她這樣一個未長成的孩子而得到這可怕的病，豈非太可惜？不過假如她的病也是初起的話，那又未嘗不可救藥？就以我個人的經驗，也可以給她做醫病的參考呢！

於是在一個晚上，我特地去找她的爸爸柯先生聊天，我借故的談到雪兒的病。

「你不知道，雪兒這孩子脾氣古怪得很，她本來就生就一副憂鬱的性格；自從得了病之後，她就更憂鬱了，她拒絕醫療，不肯打針服藥，但是卻接受了停學的勸告。她整天躲在房間裡看書，什麼話都不講，誰又知道她小小的心靈裡想些什麼呢？吳先生，你說我該怎麼辦？」

柯先生感傷的把雪兒的事都告訴我，我除了知道雪兒真的是因為用功過度而染得肺病之外，還知道她有著憂鬱的天性。我同情她的遭遇，我很想把自己就醫的經驗告訴她，使她也可以早日康復，因此我就對柯先生說：

「雪兒的病說它嚴重其實並不嚴重，在她那種年紀是很容易治癒的。患了這種病最要緊是要能樂觀，不把病放在心上，再休息一個時期，多吃些有營養的食品，就很有痊癒的希望了。這是我個人的經驗談，柯先生你也可以根據這個原則來醫治你的女兒。」

柯先生本來只知我來休養身體，並不知我患的是肺病，此刻他知道我患的病和他的女兒一樣，而且已經痊癒了，對我就十分信賴，他說雪兒個性很強，一向不聽父母的勸導，他希望我能代替他們去勸導雪兒接受治療。我說：

「這本來是我義不容辭的任務，但是雪兒不大願意跟我接近，我想她也不會聽我的話的。」

「吳先生，我求求你，可憐這孩子吧！我想出一個辦法可以使雪兒跟你接近。從明天開始，請你替雪兒補習國文，便中就請你說服說服她吧！」

於是我就做起雪兒的家庭教師來了。雪兒本性非常聰明，而且她一向就喜歡文學，所以我平常看到她手裡總是拿著一本書的。自從她輟學以後，她感到非常苦悶與無聊，這次她爸爸替她出這個主意，使她非常興奮，她反對每天上一個鐘頭課而主張上半天課，但我為了她的病體設想，我推說自己沒有空而斷絕了她的念頭。

教雪兒國文，我計畫著先研究現代的作品，然後再研究歷代的作品；中國文學瀏覽完了，如果有時間，再指導她究翻譯的西洋文學。因為現代的作品比古代的作品容易瞭解，而我國文學又比西洋文學易使人接受的緣故。

自從我做了雪兒的教師之後，我發覺她並不是像她爸爸說的有著古怪的脾氣，反之，我覺得她是個溫順而可愛的孩子。每天上完了課之後，我叫她和我出去散步，她也答應了；每次都是她攙著華華，我攙著培培，四個人到海灘上玩。她不大講話，老愛坐在石頭上癡癡的望著雲天和大海出神，任由她的兩個弟弟跳蹦跳蹦的在她身旁互相追逐。

有一次，我問雪兒說：

「你整天在想些什麼事情？可以告訴我嗎？」

「我想到我也許不久就要死。人死了不曉得是怎麼樣的？我們的靈魂是不是可以像浮雲那樣自由自在？是不是可以像海水那樣無拘無束？吳叔叔，你喜歡生還是喜歡死？」雪兒一本正經的回答我。我看見她面色慘白，雙眼深黑而大得出奇。以一個十五歲的女孩而說出這種話，不覺有一個不祥的念頭掠過我的腦際。趁此機會，我就乘機向她解說。我說：

「雪兒，你為什麼要說出這種話來？我當然喜歡生而討厭死，一個人死了什麼就都完了，靈魂之說到如今還未證實，人死有沒有靈魂還是個疑問呢？求生慾是所有生物都具有的，愈低等的生物，它們的生命力愈強，你在動物學裡有沒有讀過有一種蟲類被切成數段仍然能活的？

但是作為萬物之靈的人類卻需要有堅強的意志才能與死神搏鬥，自餒自苦都是一個人的致命傷，你明白嗎？」

我一口氣說了這段話，雪兒起初是睜大兩眼默默的聽著，慢慢的就把頭低下去，似乎有一點不好意思了。我跟著又把我得病及治病的經過告訴她，我說如果你肯服藥打針，而心情又能夠愉快起來的話，病一定很快就能痊癒的。最後我又補充一句說：

「你看我已經三十多歲了，而且又是孤苦伶仃的一個人，如果你是我，一定不去醫治而聽天由命了；可是我還是要接受醫療，與病魔搏鬥，因為父母既然生我，我就得好好的愛惜我的身體。你方在稺年，有雙親疼愛你，有偉大的前程，你怎能夠自暴自棄呢？」

我說完了，雪兒彷彿十分感動，她握著我的手說：

「吳叔叔，你真是了不起！我聽你的話。」

想不到我的使命竟是這麼容易達成，雪兒從此接受醫生的治療，除了服藥打針以外，她還乖乖的一早就睡，她媽媽給她吃什麼她就吃什麼。白天除了跟我上一小時的課以外，其餘的時間總是玩玩笑笑，生活十分有規律，因此一個多月以後，她的病況便很有起色了。

雪兒的病狀雖然如此有進步，但是有一點很值得我憂慮的，就是她那憂鬱的個性並沒有改變，還是那麼的喜歡胡思亂想。我記得：我教她國文，到了一個段落之後，我問她喜歡那些人的作品，她毫無猶豫的告訴我，她喜歡李後主和納蘭性德的詞，同時她還很欣賞蘇曼殊的詩。

我問她為什麼？她說她就喜歡那股哀怨的味道。

雪兒又曾經問我，人生到底是為了什麼的？我說：

「這個問題範圍太廣，很難把它圓滿的解答。不過我可以簡單的告訴你，人就是為生命而生活，所以我們必須把生命充實，使它有意義，然後我們朝這個目標而努力，這樣生命才不會浪費掉。雪兒，你對生命是不是這樣看法？你將來願意做什麼事？」

「我不知道，我從來沒有想過將來的事。我願意我永遠是這個樣子，天天看看書，玩玩，散散步，就這樣過它一輩子。」雪兒漫不經心的這樣回答我。

我說：「你這種態度是不對的！你年紀還小，有著遠大的前途，應該積極向上才對。你很有文學的天才，將來你願意做一個女作家嗎？」

「我不知道。」雪兒低著頭回答，還是那種滿不在乎的樣子。

之後，雪兒跟我更親熱了，常常當我獨坐房中寫作時，她就像一朵輕雲似的無聲無息地站在我背後偷看。她似乎很欣賞我的作品，每有一篇東西完成她總搶先要看，如果發表了，她更是高興得甚麼似的，她真可說是我最忠實的讀者與最知己的朋友。

當我的假期還有一個星期就滿期時，我告訴她我就要離去，她一聽說就臉色慘白，似乎受了一下很重打擊，馬上轉身就跑走。我知道女孩子的感情是脆弱的，也就不去勸解她，我想讓她的感情發作一會，自然會平靜下來的。

果然過了一會，雪兒又來找我了，她眼圈紅紅的，一進門就咬了咬嘴唇對我說：

「吳叔叔，你走了之後還會再來嗎？」

「當然會哪！以後放假的日子我便會再來，等你身體好一點以後，你們也可以去找我玩呀！是嗎？」

「你回去之後還會記得我嗎？你要不要寫信給我？」

「雪兒，你將是我一生中最要好的朋友，如果你高興的話我當然願意寫信給你。我走了之後，我希望好好的繼續服藥打針，等身體好起來，你就可以再上學了。雪兒你願意聽我的話嗎？」

「願意。」雪兒低著頭說。

在我離開淡水以前一個星期，雪兒變得非常的沉默與和順，那種可愛的樣子實在使我捨不得離開她。臨走前一天，雪兒和她的弟弟培培和華華，準備了許多的東西，請我到郊外野餐，這一次雪兒很高興很活潑，我們談東談西的，就沒有談到分別事情。

那天晚上，我正在房間裡收拾行李，雪兒拿了一包東西進來交給我說：「吳叔叔，這是我答謝你兩個多月以來教我國文的一點小意思，請你收下。」

我把紙包打開一看，原來是一個用白線織成的枕套，精美的鏤花圖案下，襯著一塊淺藍色的布，美觀極了。我對雪兒說：

「雪兒，你對我太好了，你身體不好，不多多休息，還要親手織枕套送給我，我該怎樣謝謝你才對呢！你的手工好極了！你什麼時候學會的？」

「這是我們臺灣女孩子個個都懂得的手藝，沒有什麼稀奇。吳叔叔，我明天早上不到火車站送你了，以後我希望你看到這個枕套就會想起我。再會了，吳叔叔！」雪兒一口氣說了這幾句話就走了。那是我和她最後的一面，至今我彷彿尚記得她的聲音是有點顫抖的，兩隻烏黑的大眼閃耀著奇異的光輝。

我想著想著，不覺火車已到了。我僱了一輛三輪車，匆匆忙忙的趕到柯家去，下女給我開了門，屋子裡冷清清的一個人也沒有。我顧不了一切就往雪兒的臥室跑，一跑到門口，我明白我是來得太遲了，雪兒蓋著被子直挺挺的躺在床上，柯太太伏在床邊啜泣，柯先生坐在一旁像失了神似的，培培跟華華也失去平日的活潑，呆呆的看著姊姊的屍體，他們也許還不懂死是什麼，但他們總也意識到家中有了不幸。

我進了門，柯先生只看了我一眼，就沒有跟我講話；我知道他並非不歡迎我，而且因為悲傷過度的關係。兩個孩子一看見我進門，就跳跳蹦蹦的跑過來，一個人拉住我一隻手，一齊告訴我說：「吳叔叔，姊姊死去了，她是不是還會醒過來的？」我瞥了雪兒屍體一眼，她的面容是這樣蒼白愁苦，我實在忍受不住這悲傷的場面，就把兩個孩子帶出去。

一到了外面，兩個孩子就七嘴八舌的搶著對我講述別後的情形，彷彿已忘了他們姊姊的死；我心裡又難過又煩惱，受不住他們的糾纏，正在無計可施的時候，柯先生出來了。他雙目深陷，無精打采地坐在我對面的椅子上，一開口就說：

「你來得太遲了，就是遲了幾個鐘頭。」

「這到底是怎麼一回事？雪兒怎麼會死的？你告訴我吧！」

柯先生嘆了口，搖搖頭說：「可憐的孩子！是你救了她，也是你害了她呵！」

「柯先生你為什麼這樣說？我……我實在太不明白了！」我聽了柯先生的話，嚇了一跳，差一點連話都說不出來了。

「唉！這也不能怪你，我實在應該怪我自己，我不應該叫她跟你學國文。她本來已經早熟了，經過你教她多唸幾篇文章，她就懂得更多；誰曉得她小小的心靈到底在想些什麼？老吳，我猜想她是愛上了你呢！」

「什麼？柯先生，不會的吧！她還是個小孩子哩！」柯先生說到這麼，我不禁驚叫起來了！

柯先生沒有回答我，繼續用夢一般的聲調往下說：

「你沒有注意到？自從你來了以後，她變得活潑了，她接受了你的勸告，肯吃藥打針，肯跟你們去散步，她的病好得出奇的快，那是因為她心靈上有所寄託。你離去以後，她起初還是好好的，慢慢的就恢復原狀，拒絕醫生的治療，整天發脾氣，要不然就躲在房間裡看書寫字，我們怎樣勸她也不聽；我們本來想再請你來勸告她的，後來又想自己的女兒為什麼沒有辦法說服，怎好意思再麻煩人家呢？因此我始終沒敢把這件事情告訴你。誰曉得這個孩子愈來愈執拗，愈來愈不可收拾，病況也愈來愈惡化。到半個月以前有一個早上，我們發覺她發著高熱，原來她在前一個夜裡曾偷偷跑到海灘上坐了幾個鐘頭以致受了涼，這一次發高熱就是她的致命傷，她是死於肺炎的呵！在病中她一直沒有跟我們講什麼，就是在死那幾個鐘頭，她在昏迷狀態中的時候才說了幾句：『吳叔叔，我要看你一次！』因此我就寫信叫你來了。唉！可惜你來遲一步，可憐的孩子，就這樣含恨而死了……」

柯先生說到這裡哭了起來，我本來就已淚眼模糊，現在也忍不住放聲大哭了；華華及培培看見我們哭也跟著哭起來，大家哭作一團，也不知哭了多久才停止。

後來，還是柯先生先止了哭，他說：

「好了，我們不要哭了。這又不是你的錯，老吳，原諒我的失言吧！請不要再傷心，我們該去料理雪兒的後事了！」

今天早上，我和柯先生一家把雪兒的遺體送去火葬，在葬禮進行的時候，我們各人的悲痛之情實在無法形容。火焰熊熊上升，彷彿幻作雪兒可愛的面容，她那雙深黑而充滿憂鬱大眼又在向我凝視著，我的心也幾乎碎成片片隨輕烟而逝了。

雪兒，你來到塵世，雖只像曇花一現，但是你在我的心中卻是一朵永遠不萎的曇花呵！

龍山寺畔

「來啊！來坐！」「魚翅羹，一碗一塊，真正便宜！」「……」，「我愛我的妹妹呀……」，「小白菜……」；叫賣聲、收音機播出來的歌聲、人聲、屐聲，在龍山寺畔的夜市上組成一支交響樂。這是本省人晚間消閒的好去處，也是勞苦大眾的樂園，偶然也有些好奇的外省人會來這裡蹓躂蹓躂，在這個莊嚴聖地的廣場上攏滿了五花八門的小食攤，有本省的麵食點心，有日本料理，有冰涼甜品，有小型咖啡座，甚至還有北方館子，這裡的食品地道價廉物美，只要花上幾塊錢，便可以大飽口腹，每天入夜燈光如晝，人如潮湧，總要鬧到午夜以後才漸歸沉寂，與寺裡香煙繚繞的莊嚴景象，正好成了一個強烈的對比。

現在，夜已漸漸的深了，夜市也漸趨冷落，有一些攤子已開始打烊了。在個比較僻靜的角落上，有一檔賣花生湯的攤子，看攤的原是一個美麗的本省少婦阿珠，但這幾天卻換了她的丈夫——外省人李明，因為這個緣故，幾天以來，這個攤子的生意就大不如前了。今夜，生意尤其清淡得可憐，李明無聊地坐在攤子後打瞌睡，他原想早點收攤回家的，但因花生湯尚未賣完，又捨不得離開。當他正在朦朧入睡時，他聽見有人叫：「花生湯一碗來。」他揉了揉惺忪的睡眼，連忙盛了滿滿一碗送到客人面前。這時，他看見這個客人戴著一頂帽子，低低的壓在前額上；他正在納悶這個人怎麼這樣神祕的，就聽見那個人操著不純正的國語說：

「李明，你不認得我吧！」

那人說著，就把帽子脫下來。李明一看，不禁吃了一驚，吶吶的說：

「是——是你，林火旺；你——什麼時候回來的？」

「唔，我回來了，你想不到吧！」那個叫林火旺的人冷笑著，雙眼充滿著殺氣。

「這一年來你在那裡？」李明膽怯的問。

「不要假好心了，快告訴我，阿珠在那裡？」

「她在家裡，她剛剛生孩子不久。」

聽了這句話，火旺忽然改變笑臉對李明說：「老李，你過來，我跟你講一句話。」

李明走過來站在他身邊：

「什麼話，你說好了。」

火旺很快的從褲袋裡抽出一把小刀，在李明還沒有來得及叫喊以前，他一刀就　進李明的心窩裡，李明哼都沒有哼一下就倒地身死了。火旺看見附近的攤子都已經收市了，他的舉動沒有一個人看見就躡手躡腳的走向龍山寺側一條小巷裡，他熟悉地摸進了李明的家。裡面露出燈光，門虛掩著；他輕輕的推開門，裡面立刻有少婦的聲音在問：

「明，你回來了？」

火旺不答話，逕自走了進去，他看見了一年來朝夕思念也朝夕懷恨的阿珠正擁被斜坐床上，旁邊躺著剛生下不久的嬰兒；阿珠的美麗如昔，而且顯得更豐滿了。她看見了火旺，就好像看見了鬼一樣的驚叫起來，火旺雙眼射出愛恨的火燄，慢慢走向床前，阿珠囁嚅地說：

「火旺，你怎麼回來了？你要做什麼呀？」

火旺一直不開口，此刻就撲向阿珠，把她緊緊的抱住，使勁的吻遍了她的上半身。阿珠拼命的掙扎叫喊，他理也不理，直至旁邊的嬰兒因被吵醒而大聲啼哭，火旺才如夢初覺地放了手。阿珠一面哄著嬰兒一面又羞又懀的罵他說：

「你到底是怎麼一回事呀？回來就這樣子，你不怕李明把你打死嗎？」

聽了阿珠的話，火旺不覺狂笑起來：

「你放心好了，你的阿明已經死了，不會再來打擾我們的了。」接著，他又壓低了聲音說：「阿珠，你可知道我這一年來是怎樣過的？你知道我想你想得多苦！現在，沒有人再阻撓我們了，你跟我走吧！」

說著，他又走過去要跟阿珠親熱，阿珠用力把他推開，大聲罵他說：

「死人，你瘋了，你趕緊去死好了，什麼人要跟你講話？你再不走，我要去叫阿明回來了。」說著，她就要起來，火旺捉住她不讓她走，她大聲叫喊，火旺恐怕給人聽見，先是用手悶住她的嘴不讓她出聲；後來因為阿珠用力掙扎，他就叉住她的喉嚨，不料他用力過猛，而阿珠又產後體弱，一下子竟斷氣了。

像一朵花在暴風雨中萎謝，阿珠竟是死得那麼可憐；火旺是無心殺死她的，此刻不禁抱屍痛哭起來。他的哭聲伴著嬰兒的哭聲在深夜裡鬧成一片，驚醒了隔壁的一個老太婆，老太婆隔著板壁問：

「阿珠，是什麼事呀？三更半夜哭什麼呀？」

一連問了幾聲都沒有回答，老太婆給吵得光火了，睡又睡不著，就跑過來看個究竟。她推開門一看，不覺嚇呆了，哭的不是阿珠的丈夫李明，而是另外一個男人，他居然抱住阿珠在哭呢！老太婆上前細看，那人還彷彿是阿珠的表兄火旺，這還得了？老太婆一氣之下，轉身就往夜市跑，她要告訴李明去。

當老太婆跌跌撞撞的往打了烊的龍山夜市的攤位中奔跑著時，她遠遠看到李明的攤位燈光猶亮，但卻闃無一人；她走近一看，哎呀！李明倒在攤位前面，胸前插著一把小刀，還淌著血，他死了。老太婆驚叫了一聲像發了狂似的就往家裡跑，她把一切告訴她的兒子，她的兒子馬上就去報告派出所。當警察到了李明的家裡時，火旺猶迄自抱著阿珠的屍體未放，他毫不拒抗的接受了警察的逮捕；屋裡剩下那個哭得聲嘶力歇的可憐的嬰兒，就由老太婆抱去了。

××派出所中的長椅上，坐著一個頭髮鬆蓬，面容悽慘蒼白的青年人，他就是殺死了李明和阿珠的兇手林火旺。現在，他的眼睛失神地望著遠處，用一種近乎是夢囈般的低語，在向警官敘說他殺人的動機及經過：

「阿珠是我的表妹，我和他自幼青梅竹馬，兩小無猜，早就是一對情侶。阿珠的母親很早去世，她和她的父親——也就是我的舅父，一向就住在現在這間小屋子裡，父女兩人靠著在龍山市擺賣花生湯為生；因為阿珠長得漂亮，所以他們的生意很好，而阿珠也成了附近一帶青年們追逐的目標。我很愛阿珠，我不願意其他的男人看她一眼，因此，我很反對她做這種生意；但是為了生活，她又不能不幫著她父親看守攤子。阿珠也很愛我，她早就答應嫁給我，她說，假如我能夠養活她父女兩人，她就用不著拋頭露面的去賣花生湯了。但是，我那裡有本領養活他們呢？我不過是一個店員，我所賺的錢僅夠自己花；因此，我就立願要拼命的賺錢。」

「為了要賺錢我把當店員賸下來的一點點時間都出賣了，我在清早還兼了一份報童的工作，就是要為了多增加一點入息。但是，報童的收入太少，對我的計畫無補於事；過了一個時期，我把心一橫，就把店員和報童這兩份工作都辭掉，我參加了一個走私集團，來往於日本和基隆之間，這一來，我居然弄到一點錢了。阿珠對我幹這行工作，也很贊同，她答應等我積蓄了相當的錢就和我結婚，而我也決定在結婚後即洗手不幹。」

「誰想得到？在我幹走私這個時期裡，因為我不常在臺北，阿珠竟變了心，愛上了那個阿山李明。據我所知，李明這傢伙在偶然光顧了阿珠的攤子一次之後，就被阿珠的美色所迷住了，以後他差不多每天晚上都要去吃一碗花生湯，藉以親近阿珠。他個子高高的，臉孔長得很俏俊，既會修飾，嘴裡又會說話，因此，阿珠就情不自禁的也愛上他了。」火旺說到這裡，沮喪的神情變成了憤怒，「他媽的，」他脫口就罵了出來。

「李明除了臉孔長得比我漂亮以外，我不知道他還有那一點比我強？阿珠嫌我沒有錢，他又有個屁錢？他也不過是一家公司的出納員而已。他為了追求阿珠，不惜濫用公款，後來竟因此而被免職，這真可說是上天有眼！」

火旺吐了一口口水，問旁邊的警員要了一根香煙點燃起來吸著，又接著往下說：

「現在先說當我在外頭聽說阿珠變了心，就馬上趕來臺北，找著他們兩人理論。李明說他根本不知道阿珠已有愛人，他有權利去愛她；阿珠說我和她又沒有婚約，我根本不能干涉她的行動。當時我氣極了，我沒有跟他們多講就離去，我買了一瓶硝酸，我準備把他們兩個都毀了容，看他們以後再有什麼好驕傲？」

「但是，就在那天夜裡，我們那個走私集團被破獲了，連我在內，全體私梟都被捕。當時，我真是氣憤得差點想自殺，為了阿珠，我不惜去幹這種非法的勾當，但結果是她愛上別人，我卻入獄坐牢。在入獄之前，我寫了一封信，託人帶給阿珠，我那樣寫著：『我去了，你們盡情的歡樂吧！但是，如果我有歸來的一天，我將會跟你們算帳的。』因此，他們兩個都不知我入獄的事。」

「我的刑期是一年，昨天是我期滿的日子；我一出獄，就到一個朋友那裡去打聽他們的消息。我知道，在我入獄不久，他們就不顧阿珠父親的反對而結了婚，可笑的是，他們婚後不到一個月，李明虧空的事就被發覺了，李明失了業，只好住到阿珠的家裡去，靠著丈人吃飯，我舅舅一氣之下就病死了。我舅舅死後，他們夫妻兩個接收了攤子，仍然以賣花生湯過活。」

「由於我舅舅的死，更加深了我對李明的仇恨，我決心要實踐我的諾言，我要報仇，我要奪回我心愛的阿珠。長官，我殺死李明是故意的，因為他奪了我的愛人，又害死了我舅父，所以我要他填命；但是，我絕對沒有殺害阿珠的心，我那樣愛她，我怎忍心要她死呢？長官，求你相信我吧！」

火旺說完了，由於心中悔恨，他忍不住嗚嗚的哭起來，他的哭聲，在靜夜的派出所中顯得非常淒厲，使得那個警官和那個警員都為之酸鼻不已。他們對阿珠和李明的無辜慘死，都感到十分同情與哀悼；至於這個為愛而殺人的兇手林火旺，他們卻又絲毫不寄予半點同情，法律是公正的，殺人者死，這就是林火旺應有的結果。

這件慘案發生後的第二天晚上，在那香煙繚繞的龍山寺內，有一個老太婆抱著個嬰兒虔誠地跪在菩薩面前禱告，她就是首先發現這件兇案的阿婆；由於人類同情心的驅使，她家中的生活雖然也相當困苦，但她卻自動的把阿珠的遺孤收養了。

「菩薩啊！你保佑這個可憐的孤兒吧！他的父母都作了枉死鬼了，我這老太婆不知能養他多久，求你保佑他無災無病快點長大吧！」

老太婆在神前喃喃自語。寺前的廣場上又是燈光如晝，人如潮湧；在這個喧鬧的夜市上，阿珠與李明之死，除了在人們口中多了一件談話的資料外，這裡仍然是吃喝玩樂，彷彿沒有發生過什麼事清似的，龍山夜市就是這樣年年月月的延續著。

命運

上星期日我帶孩子到公園裡去玩，當我正坐在音樂臺下的長椅上欣賞著孩子在臺上的歌舞時，我偶然發現離我後面不遠的長椅上，橫躺著一個衣衫襤褸，頭髮斑白的老婦。「一位高年的老太太，為什麼不在家裡休息而跑到公園裡來躺呢？」我心裡這樣想。從她的外表上看來，她大概是個要飯的吧！我的惻隱之心油然而生，就把孩子叫下臺來，我交給孩子兩塊錢，叫他去送給那個可憐的老婆婆。孩子拿著錢連跑帶跳的走過去，一會兒又跑回來，我問他給了沒有？孩子大聲的說：

「老婆婆在睡覺哩！」

由於孩子這一叫，那位老太太倒是給他吵醒了。我看見她用乾枯的手揉著眼睛，另一雙手支著拐杖，慢慢的坐了起來她的樣子是那麼的憔悴，身體是那麼的瘦弱，更增加了我對她的憐憫；我再次催促孩子拖錢送給她，孩子依了我的話，用快步跑到她面前，把錢遞給她說：

「老婆婆，這是我媽媽你給的。」

「好孩子，謝謝你，我不是要錢的。」出乎意外地，老太太竟然拒絕了。孩子懊喪地走回來，我也因為誤會人家是叫化子而感到面紅耳赤，十分的難為情。我正準備著要領孩子他去時，我看見老太太拄著拐杖蹣跚的向我們走來，她的手裡彷彿拿拿著一疊什麼東西似的。我想：她既然走過來，我還是向她道歉一下吧！等老太太走到面前來的時候，我就對她說：

「老太太，我剛才太失禮了，請你原諒我。」

老太太聽了我的話，不覺笑了起來，她咧開了沒有牙齒的嘴巴，對我說：

「那有什麼關係？我現在也不見得比叫化子強多少呀！你要幫助我，就請買一張這個吧！」老太太一口江浙口音，想不到她還是來自山明水秀的江南哩！她說著，把手中那疊紙向我一揚，原來是愛國獎券。這一次，我也笑了，我從皮包中取出一張十元的鈔票，對老太太說：

「我買兩張吧！」

在孩子吵著要由他自己挑選時，我問老太太說：

「老太太，你今年高壽了？來臺灣很久了吧？」

「我五十四啦！來臺灣那年五十一，來三年了。」

「你家裡有什麼人？你這樣每天能賣幾張呢？」

「我嗎？每天假如能賣出十張，那麼吃飯不會成問題。但是，我就是孤單單一個人，多賺又有什麼用呢？」老太太說著，似乎異常傷感，我很後悔我為什麼要引起別人的傷感，但又想不出話來安慰她，就只好默默的和她對立無言。誰知不懂事的孩子竟在一旁插嘴說：

「老婆婆，你這麼老了，為什麼會沒有孩子呢？你沒有結過婚嗎？」

孩子的話使我啼笑皆非，十分尷尬，我只好叱責他說：

「小孩子不許亂講話。」

「太太，你不要罵孩子，孩子的話都是對的。真的，誰都會奇怪像我這種年紀為什麼會孤單單一個人的？我這一生的經歷實在太可悲了，說來你也許不會相信，我還是個受過中學教育的人呢！但是，由於命運的播弄，我的晚年竟落得如此，這又是誰想到的呢？太太，我看你是個很和善的人，如果你不嫌棄，我願意把我的故事講給你聽，也可以把我心中的鬱悶傾吐一下。」

「我要聽故事！我要聽故事！」孩子聽說有故事便高興的拍起手來。

「我很願意聽，老太太，你坐下來慢慢講吧！」我伸手扶老太太坐下來，我也坐在她旁邊，把孩子摟在懷裡，叫他不要吵。老太太咽了一口口水就開始講她的往事。

「像他這樣大的時候，我也過了好幾年幸福的生活呢！」老太太撫著孩子的頭說：「我的父親是故鄉地方上的富紳，家中田產很多，十分富庶。可是，他偏偏膝下無兒，就養了我這一個女兒，因此，父母對我都十分鍾愛，使我過了一段十分幸福的童年。然而，也許是我與命運之神結了不解之仇吧！自從我十三歲那年起，惡運的陰影就一直跟踪著我。」

「我的父親在我剛上初中那年病逝了。父親死後，族人欺負孤兒寡婦，把所有的家產都霸佔一光，只剩下一棟老屋給我們母女倆棲身；靠著母親替人家縫紉，我總算讀完了中學。我在學校的成績是很優良的，老師們都主張我繼續升學，而母親也贊成我上大學，那個時候女孩子上大學的不多，母親希望我有一天當了女學士以後，可以向那些欺負我們的族人們報復報復，吐氣揚眉。然而，命運又開始作弄我了，在我應考大學入學試的最後一天，我突然患了一場急病，以致有兩項科目沒有辦法參加考試，於是我落選了，而這一場病也就剝奪了我以後受高等教育的機會。」

「大學沒有考上，我只好出外找職業，我找到了一份小學教員的工作，白天教書，晚上自修，母女二人克勤克儉的過著日子，生活倒也還安靜。第二年，當我準備再去投考大學的時候，母親竟然又因數年來的憂鬱與過度操勞而一病不起。這個打擊，對我真是太大了，我已失去了世界上唯一可以倚靠的親人，我還有什麼心思去應考呢？於是，我再度放棄了升學的機會。」

「母親死後，我剩下孑然一身，孤苦伶丁地渡著寂寞的教學生涯，雖然天真活潑的小朋友們減少了我不少的孤寂，但他們又怎能治癒我痛楚的心靈呢？」老太太說到這裡，伸手摸了摸孩子的臉頰，同時乾枯的眼睛裡也流下淚來。她用手背擦了擦眼睛又接著說：

「就在這個時候，一個男人闖進了我的生活中，他是我同事的哥哥，人既長得英俊瀟洒，而又會取悅女孩子，寂寞的我不覺為他迷惑了。我們很快的結了婚，但是大半年後他便把我和腹中的孩子拋棄了，那時我才二十一歲，但這已是命運第四次向我捉弄。」

「媽媽，下雨了。」當我正為老太太的故事的悲劇性感到難過時，我聽見孩子這樣叫著，同時我也感到冰涼的豆大的雨點洒在身上，就慌忙站起來對老太太說：

「糟糕，下雨了，我們到那邊茶室裡去避一下吧！」

老太太起初對雨好像毫無感覺，後來才慢條斯理的站起來說：

「這種雨算得什麼？人世的風霜我受得夠了。」

「我只是怕你老人家會受涼。」我慚愧的說。

雨愈下愈大，我遲疑地站在雨中不好意思舉步，使得孩子在旁不斷的催促。這時，老太太也反而催著我說：

「走吧！回頭你跟孩子都要受涼了。」

我一手攙著孩子，一手要扶老太太，老太太卻推開了我的手。她說：

「太太，謝謝你的好心，我孤獨慣了，我會照顧自己的。」

到了公園的茶座，也許因為老太太穿得太襤褸了吧！那邊的客人都用好奇的眼光看著我們。老太太在我耳邊低聲說：

「你不後悔和我這窮苦的老太婆在一起喝茶吧！」

「我才不哩！」我微笑著回答她。

我要來了三杯熱牛奶，老太太呷了一口，嘆息著說：

「我不知已有多少年沒有嚐過牛奶，差一點連它是什麼味道都忘了。唔，自從那個薄倖的傢伙拋棄了我以後，貧窮就沒有離開過我，那裡還有機會喝牛奶呢？現在，我也忘記了我是怎樣去忍受被遺棄的滋味的了。總之，我曾經想自殺過而又被救了起來，結果，孩子因早產而夭折了，孩子的死並沒有引起我的悲哀，因為我覺得這樣反而減輕了我的負擔。」

「那時，我仍然是一個小學的教師，我的第一次戀愛失敗了以後，我便專心一意的從事教學工作，把全副精神都寄託在孩子們身上。但是，命運的魔掌是不會放鬆我的，它又一次的使我愛上另一個男人，也使我從此與貧窮結了不解緣。這一次我愛上的是一個學生的家長，他也是一個窮教書匠，他中年喪偶，遺下一個很聰明可愛的女兒，我就是因為疼愛我這個學生而跟他認識的。我和他認識了以後，因為志同道合而互相戀愛起來，他說我們命運相同，要求我跟他結婚，我毫不猶豫的就答應了。」

「婚後，我過了一段雖貧猶樂的日子，可惜的是，命運所安排好的詭計就在這時候出現了。我的丈夫在一天下課回家的時候被汽車輾斷了腿，從此殘廢在家。那時我已有了身孕，一個人挑起了全家生活的擔子，毫無限制地付出了身心全副的力量，所以，我今年雖然才五十多歲，卻衰老成這個樣子，都是那時種下的結果。」

老太太說到這裡，伸出枯瘦的手撫摸著頭上稀疏的白髮，似乎有無限感慨。她把手中的牛奶深深的喝了一口，用舌頭舐了舐唇，又繼續說：

「我丈夫殘廢了以後，我足足捱了二十年的光景，直至他前妻的女兒長大出嫁，我才稍稍的可以喘一口氣。但是，不久之後中日事變發生，由於戰亂，我的教學生涯也就告終，以後在八年的抗戰中為了生活的壓迫，我就由小學教師而降為街頭的小販了。抗戰時期的苦況你一定也嘗過，我可以不必再嚕囌，不過有一件事我要告訴你的，就是惡運永遠不會離開我，我的丈夫因為受不住戰時生活的困苦，加上心境的憂鬱，竟在抗戰勝利前一年死去了。他死後，我和我唯一的兒子相依為命，那時，孩子已十多歲了，我不顧我們的生活多困難，我決心要使他受最高等的教育；我白天做小買賣，晚上替人家做衣服，把得來的錢一分一毛的存起來，我的孩子終於讀完了高中而升上大學。太太，我那個時候的喜悅你一定可以想得到吧！然而，命運的魔手又來擺佈我了；三十八年夏天，當我的兒子修完了他大學三年的課程時，由於萬惡的共匪作亂，使我數年來平靜的生活又起了波瀾。當時，因為我們沒有能力逃難，就留在老家不動；我的兒子雖然因此而勉強修完了他大學的課程，但不幸卻在韓戰發生之後被迫參軍，從此一去不回。這一次可說是命運對我最殘酷的施予，我辛辛苦苦撫養成人，唯一可以倚靠的兒子竟遭受這樣悽慘的命運，人世間還有比這更可悲的事嗎？」老太太說到這裡，忍不住又落下淚來。

「那麼，你是怎樣到臺灣來的呢？」我問她說。

「經過多年來的憂患，我的意志變得堅強起來了。孩子死後，我雖然感到毫無生趣，但我卻沒有自殺；我想，我還不太老，我要看看更多的世界，於是我就跟著其他的難民用半行乞的方式到了香港，在調景嶺住了一年多之後，終於得到了同鄉們的幫助而來到臺灣。我覺得，我這次能夠來到臺灣，在我這一生中算是命運對我最仁慈的一次了。」

老太太說完了她的故事，向我苦澀地笑了一笑，然後就木然的靠在椅背上，雙目向前直視，似乎在回憶，也似乎在憧憬。我深深的同情著這位老太太的遭遇，我尤其是對她現在孤苦的晚年感到可憐，我就問她說：

「老太太，那麼你現在跟什麼人住在一起呢？」

「我住在一個同鄉的家裡，但我不願吃人家的閒飯，受人家的恩惠，我寧可每天在外面雨淋日晒的賣愛國獎券。像我這樣飽歷憂患，受盡命運折磨的人還有什麼苦不能吃呢？太太，我現在簡直可以說得上是個無牽無罣，四大皆空的人，我對什麼事都無所畏懼了；你說，對於一個孤苦伶仃的老太婆，命運將何以施其技呢？」

對於老太太最後這幾句深含哲理的話，我佩服得說不出話來。這時，雨已停了，老太太站起身來，微笑著對我說：

「太太，我得去做賣買了。你是我所見過少數的好人中之一，謝謝你的一番好意，再見吧！」

老太太說著就拄著她的拐杖蹣跚地離開茶座，目送著她那傴僂的背影沒入綠樹叢中，我心裡想：命運雖然毀滅了她一生的幸福，也把她的身體打垮了，但卻沒有打垮了她的精神；這個瘦弱的老太婆仍然有著堅強的生之鬥志呀！

燭光下的故事

不知道是為了什麼緣故？陳瑜雖然已當了六七年的教師，見過的學生也有數千人，但她卻從心底的喜愛著這個剛入學不久的男孩子李小松。也許是由於他的聰明乖巧吧！也許是由於他那雙亮晶晶的大眼長得可愛吧！總之，陳瑜上了兩天他的課便覺得愛上他了。可惜的是，李小松這孩子雖然長得聰明漂亮，但是，身體長得很瘦弱，衣服也穿得襤褸而不整齊；陳瑜每次告訴他要注意衛生和整潔，他答應了，第二天又穿著一身骯髒的破衣服前來。陳瑜起初想他大概是因為家裡窮苦，也就不便迫他常換衣服；但是，漸漸的她覺得小松不但是穿得襤褸，而且好像是極少洗澡的樣子，他的頭髮又長又亂，指甲又黑又髒，就好像家裡沒有大人照顧他似的。

一天課後，陳瑜把小松叫到她的宿舍裡去，她先給他吃了幾片餅乾，然後一面替他梳理頭髮一面問他說：

「小松，你媽媽不是每天替你梳頭洗澡的嗎？」

「我沒有媽媽，我爸爸說媽媽到大國去了，老師，你知道天國在甚麼地方嗎？」小松天真的問她。

「哦！可憐的孩子！天國是在很遠很遠的地方呢！你想媽媽嗎？」陳瑜聽了孩子的話，不覺對他加倍憐愛了。

「老師，我想我媽媽。自從媽媽去後，爸爸整天只顧喝酒，常常不理我；老師，我心裡難過啊！」小松說著竟然哭起來了。陳瑜也被感動得差點流下眼淚，她撫著孩子的頭說：

「好孩子，不要哭！讓老師來替你洗個澡，然後跟你一起回家去，我要跟你爸爸談談，問他為什麼不理他的兒子。」

陳瑜是個好教師，她打從師範學校裡畢業出來，就一直擔任著國民學校一年級的級任，她教育過的孩子已有幾千個了。她愛她的學生們，她不但注意學生的功課，也注意學生們的家庭環境，她願意她的學生們個個健康而快樂。現在，李小松可憐的遭遇深深的打動了她的心，她決心要去感化那個酗酒的爸爸，她要小松也能過著快樂的日子。

在暮色蒼茫中，小松攙著他老師的手，穿過一條狹窄汙穢的小巷，最後停在一間破舊的小木屋前面。小松立住了腳，仰起頭來望住陳瑜很擔心的問道：

「老師，我這麼晚才回家，你想爸爸會罵我嗎？」

「不會的，小松，有我在這裡。」陳瑜溫柔的說。

小松輕輕的推開了木門，裡面沒有半點燈火，陳瑜聽見黑暗中有一個瘖啞的男人聲音咆哮著：「誰呀？」

「爸爸，是我回來了。」小松膽怯的回答說。

「你到那裡去了？這麼晚才回來？」一股很濃的酒味衝進陳瑜的鼻管；接著她聽見擦的一聲，那男人劃了一根洋火點亮了蠟燭，在搖曳不定的燭光中她看見一個瘦削的身影扶著桌子站起來，一頭鬆蓬的頭髮下，那雙充血的眼睛正炯炯的瞪著她，同時很兇狠的問道：

「你是誰？你把我兒子帶到那裡去了？」

「我是你兒子的教師。李先生，因為你對你的兒子似乎未盡為父之責，我們總是希望家長和學校合作的，所以我今晚上要找李先生談談。」陳瑜很鎮定而自然的說。

「我對兒子的態度也要你們來管，真是笑話！快給我滾出去吧！」小松的爸爸像一頭受了傷的野獸似的就要向陳瑜撲過來。陳瑜挺直的站在那裡動也不動；小松恐怕爸爸要打老師，不禁抱著陳瑜的腿痛哭。小松的爸爸看見陳瑜不害怕，同時又看見兒子也傾向老師，一股怒氣就漸漸消失了，他廢然退回桌邊，跌坐在椅子上，雙手捧著頭一句話也不講。陳瑜輕輕撫著小松的頭說：

「小松，你好好的睡吧！老師要回去了。」

「不，老師你不要走，爸爸會打我的。」小松緊緊的抱著陳瑜不放。

「小松，你放手不放手，你爸爸還沒有死，你就不要你的爸爸了，是嗎？你不要我，就給我滾出去，永遠不要回來！」小松的爸爸又在那裡咆哮了。

「小松，你聽見沒有？你爸爸要你放手呢！聽爸爸話的人才是好孩子，你爸爸不會打你的。」陳瑜對小松說。

小松果真乖乖的放了手。陳瑜又對小松的爸爸說：

「李先生，對不起得很，今夜我打擾你了。最後我要說一句話，我希望你能夠贏回你兒子對你的愛心。」

陳瑜懷著一顆忐忑的心離開了小松的家，她無端受了一場侮辱並不後悔，她只替小松難過，他的爸爸為什麼這樣兒狠無情，難道小松不是他親生的兒子嗎？為了小松的將來，她決意向他的家庭作再度的訪問。

第二天小松來上課，陳瑜很擔心的問他給爸爸打了沒有？小松睜大著眼睛說：

「爸爸沒有打我。你走以後，爸爸就叫我上床睡覺，後來我聽見爸爸哭了。老師，你知道爸爸為什麼哭嗎？」

「小松，你爸爸很可憐呢？你以後不要惹他生氣，他就不會打你了，知道嗎？」

現在陳瑜有點明白小松的爸爸為什麼酗酒，為什麼脾氣這樣壞了，他一定是因為受了喪妻的刺激而起的，他因為失去了愛妻而連帶失去了對兒子的愛心以及生活的勇氣；要想恢復他對兒子的愛心，也就必須先恢復他生活的勇氣。

陳瑜翻閱學生的家庭調查表，她發現李小松那一張填寫得十分簡單，除了知道他的爸爸名叫李敬松以外，其他什麼都不清楚，因為職業欄上是空著的。陳瑜又想到他們家庭裡的情形，似乎生活很窮苦，難道是失業不成？從這個表上，陳瑜看見李敬松的字跡寫得很蒼勁很靈活，知道他是個受過高深教育的人，不覺對他們的境遇更加同情了。

在一個星期天的上午，陳瑜又再度訪問小松的家。她輕輕的把那扇矮小的木門敲了兩下，出來開門的正是小松。小松看見老師來了，高興的叫了起來。陳瑜說：

「小松，你在家裡做什麼呀？」

「老師，我正在幫爸爸洗菜呢！你不是說我們回家要幫爸爸媽媽做事情嗎？」

「是的，小松是個好孩子。」

陳瑜這著踏進木屋裡面，她一眼就看見小松的爸爸李敬松正背著她蹲在地上扇爐子，聽見有人進門他理也不理的也不轉過頭來，小松喊他說：

「爸爸，陳老師來了。」

李敬松丟下扇子，緩緩的轉過身站起來，一雙眼瞪著陳瑜，冷冷的說：

「什麼事又勞陳老師的大駕呢？我們是一些微不足道的窮人，我想以後陳老師也不必枉顧了。」

在李敬松說話的時候，陳瑜細細的觀察他，今天的印象與那天晚上又完全不同了。今天她所看到的李敬松雖然仍是瘦弱而憔悴，頭髮蓬鬆，衣衫襤褸，完全是一副落魄的樣子；但是他的面孔文雅而清秀，有著一雙和小松一樣的大眼睛，可惜卻是失神的。

「李先生，我們學校施教的方針之一就是要和學生的家庭打成一片，家庭訪問是我的工作一部分，我希望李先生讓我能有幾分鐘的停留。」陳瑜很誠懇的說。

「我已告訴過你，我們是微不足道的窮人，父子兩人相依為命，這就是我們的實在情形，你還要訪問什麼呢？對不起得很，我還要燒飯，失陪了。」

李敬松帶著諷刺的口吻說完了這一段話，就轉身去繼續他的生火工作；陳瑜冷眼旁觀，看見他對著爐子扇了又扇，弄得滿屋子裡都是烟，火還沒有生著，而他已弄得涕淚直流。陳瑜心裡又好氣又好笑的自告奮勇去替他把爐子裡的煤塊疏通了一下，不一會兒火就著了，李敬松連一句道謝的話也沒有，陳瑜也懶得再跟他講話，就跟小松話別了獨自離去，李敬松的驕傲無禮，使她感到非常失望。

星期一的早上，上課鈴還沒有搖的時候，陳瑜正在教室裡低首批閱學生的本子；她聽見小松的聲音在喚她：

「陳老師早！」

她抬起頭來一看，意外地竟看見李敬松伴著他的兒子來了。他看見陳瑜抬頭，就很有禮貌的對她微微一鞠躬，同時嘴裡說：

「陳老師，我是向您道歉來的。我昨天的態度太不禮貌了，看望您原諒。」

今天的李敬松與昨天又完全不同，他的頭髮梳理過了，鬍子也刮過了，衣服雖仍破舊，但卻是乾淨整齊的，因此整個人看起來比較年輕一點，更加和小松相像了。陳瑜再看看小松，今天也是比過去整齊乾淨得多，小臉上發出從來未有過的快樂的光輝。陳瑜對李敬松說：

「李先生，過去的事不必去談了。我今天很高興看到小松變成一個整齊清潔的學生，我希望你們從此過著快樂的日子。」

李敬松聽了陳瑜的話，沒有再說甚麼，只深深的看了她一眼，就鞠躬退出。陳瑜看著他瘦長的背影，不覺為自己對他父子的訪問有了點收穫而感到高興。

自從這一天以後小松不再是個骯髒的孩子了，他天天高高興興的來上學，又告訴陳瑜說他爸爸不再打罵他了，也不喝酒了，爸爸天天替他洗澡，有的時候還帶他上街去玩哩！

大概又過了一個多月的光景，有一天小松對陳瑜說：

「老師，我爸爸請你今天晚上到我們家裡吃飯。」

「是真的嗎？小松，這是為了什麼呢？」陳瑜很感驚訝的問道。

「我不知道。我爸爸要我下了課帶你一起回去。」小松說。

一半是為了好奇，想知道李敬松怎樣改變了，一半是為了愛孩子，陳瑜果真和小松一起去了。

木屋的門大開著，裡面透出了橙黃色的燭光，使人感到家的溫暖。李敬松很有禮貌的立在門口把陳瑜讓了進去，陳瑜一坐下就忍不住問道：

「李先生，今天什麼事情這樣客氣呢？」

「今天是我妻子去世二週年忌日。」李敬松很嚴肅的說著，同時眼睛往桌上瞥了一下。

跟著李敬松的眼光，陳瑜也望向桌上，她現在注意到那瓶芬香撲鼻的玉簪花旁邊原來放了一個小小的相框；就著跳動的燭光，她看見照片中人是一個眉清目秀的少婦，神態上也有幾分像小松。陳瑜「哦」了一聲然後說：

「這位就是小松的媽媽吧？」

「是的，老師，這是我的媽媽。爸爸，她為什麼還不回來？」小松搶著問道。

「小松，不許吵，有一天，媽媽會回來的。現在我們請陳老師吃飯吧！陳老師，請不要嫌我做的菜不好吃，隨便用吧！」李敬松說。

陳瑜一看桌上有三菜一湯，是紅燒魚、青椒炒肉、煎蛋包和蛋花湯，她不禁暗暗佩服李敬松居然會做菜。她夾了一口菜嚐了一下，就連忙稱讚說：

「李先生做的菜真好吃。小松，你有這樣的爸爸是很幸福的呢！」

「老師，我們平常都沒有這樣好吃的。」小松說。

「陳老師請不要見笑，兩年來現實的煎熬雖然已使得我完全懂得了一個主婦的工作，但我那有心情去燒好菜給小松吃呢？碰到我心情惡劣時，我簡直連飯都懶得去燒呵！前次生火的笑話恐怕你還記得吧！可憐這個孩子也委實跟著我受了不少苦。」敬松說著臉色顯得非常黯淡，使得陳瑜不敢說話。歇了一會敬松從桌底下拿出一瓶酒來，先倒了一杯放在陳瑜面前，然後又替自己倒了一杯；他舉起杯子對陳瑜說：

「這兩年來我差點給酒毀了。陳老師，不瞞你說，自從我知道了你對小松的愛護以後，我不禁對自己兩年來的慢性自殺生活感到慚愧，現在我覺得我有恢復生活的勇氣了，我已戒酒一個多月了，今夜將是我最後一次喝酒，陳老師，你相信我嗎？如果你相信我，就請你喝了這一杯我向你道謝的酒，因為是你恢復我生活的勇氣的。」

李敬松說著就舉杯一飲而盡。陳瑜聽了他最後兩句話不覺有點不好意思，她猶豫著不敢舉杯；小松在旁邊說：

「老師你怎麼不喝酒呀？」

「浪子回頭，我知道我是不會使人相信的。」李敬松看見陳瑜不肯喝酒，心裡十分痛苦，說了這句話以後又喝下了第二杯酒。陳瑜看見這種情形，就慌忙說：

「李先生，我相信你，我喝酒。」

陳瑜才喝了一口酒。李敬松就把她的杯子拿過來，把賸餘的酒倒掉，然後又把賸下來的半瓶酒的酒瓶往地上一摔，酒瓶破了，酒流滿了地上，滿屋子裡酒香撲鼻。李敬松肅然的立起來說：

「在亡妻的像前，我再發誓不喝酒。小松，以後假如我再喝酒，你不要再認我做爸爸好了。」

小松和陳瑜都沒有講話；李敬松坐下來嘆了一口氣說：

「陳老師，我想你一定會以為我是個瘋人吧！其實我的心裡比誰都清醒呢！現在請用飯吧！我們一邊吃一邊談，如果你不討厭的話，我想講一個故事給你聽。」

「小松，你乖乖的坐著，我們來聽你爸爸講故事。」陳瑜說。

「爸爸快點講，我最喜歡聽故事哩！」小松高興的站起來說。

「那該是八年前的事了。」李敬松眼睛直望著他妻子照片，像夢囈似的開始述說他的往事。

「那時我正在故鄉裡當中學的國文教員，課餘常常寫點小說散文之類投到報章雜誌去發表，在文壇上也有點小小的名氣。有一次，我發表了一篇十分哀怨纏綿的戀愛小說，居然收到不少讀者讚美的信。其中有一封是一位女讀者寫的，她是一個富於幻想的少女，她認定這篇小說的作者一定是個多情英俊的青年，她堅持要和我見面，於是我們就非常傳奇性的變成了朋友。也許是她認為我沒有使她失望吧！她對我竟是一見鍾情。她原是個嬌生慣養的千金小姐，此刻為了愛情，竟不顧家庭的反對而和我這窮苦的教書匠結了婚。」

「婚後我們過著清苦而又甜蜜的生活，但是自從小松生下來以後，由於產後失調，她的健康便漸漸的走向下坡路了。在小松半歲的時候，又值共匪倡亂；大陸變色；我們倉皇南下，經歷了無數艱辛，才輾轉來到臺灣。來到臺灣後，我雖然很快的便找到工作，然而我的妻子卻因受不住旅途的困苦而染上了肺病，一到了臺灣便病倒在床上，一拖便是幾年。我那一份微薄的薪水，既要維持小松的奶粉，又要供給她的醫藥，叫我如何去分配？而我除了教書的時間以外，回家便要餵哺小松，服侍病人，一天廿四小時，簡直沒有休息的機會。在這種情形下，不但病人的病毫無起色，小松長得又瘦又弱，而我自己也被折磨得無復人形。」

「這樣我們一直挨了三年多，在小松四歲的時候，我的妻子終於受不了病魔的纏繞，竟棄我們而去。陳老師，你替我想想，幾年來我忍受著一分痛苦，為的是什麼？還不是想她好起來，一家子可以重新過幸福的日子？誰曉得命運竟是那麼殘忍，你說我怎麼受得了？好幾次我想自殺，但是為了小松，我又把自己的意志抑制住。」

「自此以後，我為了悼念亡妻，就學會了借酒澆愁，但是愁澆不了，我卻喝酒喝上癮了。我天天喝得醉薰薰的去上課，我對學生們說著瘋瘋顛顛的酒話，這樣，我就輕輕的失去了我的工作。失業後的我變得更頹廢了，我喝酒喝得更厲害，我甚至對小松也失去了興趣，失去了愛心，我拋開了做父親的責任，整天捧著酒瓶，胡裡胡塗的過著日子。但是，要喝酒也得要有錢，在我把家中衣物典當一空以後，新的工作尚未找到；為了要滿足我的酒癮和維持父子兩人的生活，於是我就嘗試著賣文為生。在清醒的時候，我重新執起那枝丟棄了多年的禿筆來寫作，然而我文思枯竭，靈感凝滯，我寫不出一篇像樣的東西來；後來即使寫成了幾篇，但卻有一半遭受退稿。我悲哀，我失望，若不是為了小松，我早就沒有活不去的勇氣了。」

「自從老師第一次來訪問我們以後，我知道你很愛小松，我很想把小松交給你，然後自己結束了自己的生命；後來我仔細再想，我又怕你對小松的愛只是一種憐憫，是一種有錢人對窮人的施捨，於是我又因為恨你而激發起生的意志。我開始為自己對小松的冷淡而感到慚愧，我開始恢復了做父親的一切責任，我決心戒酒，我努力寫稿，同時又加緊為自己尋找工作，上帝總算沒有辜負我的苦心，現在我的作品都有了發表的機會，而且最近我已找到一份教書的工作了。在這一段時期內，我從小松的口中知道你對他經常的愛護，於是我對你的恨就變為感激。陳老師，若不是由於你對我們父子的關懷。我不知將會墮落到什麼程度？我真不知怎樣向你表示謝意才對啊！」

李敬松一口氣說了這一大段話，由於過於激動，在燭光下顯得滿面通紅，他前額沁著汗，一雙深黑的眸子直直的看著陳瑜；陳瑜被看得很不好意思，只好好裝著替小松夾菜，把頭低下去。李敬松看見陳瑜沒有講話，頗為失望，嘆了一口氣也就低下頭去吃飯。

「李先生，」陳瑜不忍看見李敬松失望，她很誠懇的對他說。「你這樣說會使得我不安的，愛學生是每一個當老師的人的本份；你所以能恢復生活的勇氣，是你天性和父愛的表現，怎能說是受我的影響呢？不過，有一句話我要說的就是，由於小松是個可愛的孩子，我一向都很喜歡他，我當然希望他有一個快樂的家，所以，李先生今天重新獲得工作，我是十分欣慰的。」

小松開始在一旁打哈欠，燭淚在桌上凝結了一大堆，時間已不早了。陳瑜立起身來要告辭，李敬松堅持著一定要送她；他替小松舖好床舖，叫他上床去睡，然後自己披上外衣，就與陳瑜一起出去。

夜是寧靜的，涼風吹在他們酒後的臉上，使他們感覺到異常的舒暢。這一對男女默默地在街上並排的走著，彼此雖然都沒有講話，然而他們的心思卻是集中在一件事上面——在研究對方：陳瑜在奇怪李敬松居然會受了自己的感化，變成了一位可敬的父親；李敬松則在懷疑陳瑜對自己的感情，到底是同情或是敷衍呢？自從他的妻子去世後，他的感情早已變成麻木不仁；但是很奇怪的，在他認識陳瑜以後，起初他雖然恨過她，後來卻又常常希望得到她的注意，總之，陳瑜的影子已在他心裡生了根，似乎不可磨滅，他多麼希望能知道她的真心啊！

李家距離學校是很近的，所以不一會兒他們就走到了。在學校的大門口，陳瑜立定了腳步，轉過身來對李敬松說：

「李先生，謝謝你了，現在請你回去吧！」

李敬松遲疑著不願離去，他吶吶地說：

「陳老師，我們以後可以做個朋友，經常見面嗎？」說著他一對眼睛又急切又誠懇的望住陳瑜，此刻他覺得這位衣著樸素，態度大方，性情和善的女教師對他簡直是有著一般不可抵禦的魅力，是除了他死去的太太以外，決有第二個女人能夠有的。

陳瑜在她六七年來的粉筆生涯中，除了教本與學生外，她從來沒有空暇去想到其他的問題，她一顆純潔的心更未被任何男子打動過，如今她對這個曾經落魄窮途，而聰明瀟洒的李敬松卻也具有很大興趣和好感，聽了他的話，她微笑著回答說：

「為甚麼不好呢？我們本來就是朋友嘛！」

李敬松踏著輕快的腳步回到家裡，那根蠟燭已快點完了，他俯下身去吻了吻熟睡中的小松，孩子的臉是那麼瘦削而蒼白，他心裡不自覺的一浮起一絲意念：可憐的孩子也該有個媽媽了。在橙黃色的燭光中，他又看了他妻子的照片一下，他想，她一定會原諒他的吧！

梅醫生

把你的愛施捨給廣大的人類吧！當你幫助別人而得到快樂時，你就會忘記自己的痛苦了。

經過一個多月以來日以繼夜的辛勞，這小村中流行著的痢疾終於被我們撲滅；可是，強壯的像一座山似的梅醫生卻像山崩一般的倒下來了。

梅醫生是美國人，已經六十多歲了；他淺棕色的頭髮已經半白，灰色的眼珠蘊著慈祥的光芒，身材高大，器宇軒昂，顯得一點也不衰老。他來中國已三十多年，說得一口流利的國語，閩南語也會說幾句；他在三年前來到這條村子上設立診所，除了他帶來的一個男助手外，我是他在此請來擔任掛號收費等工作的，替他工作已有三年。

我們這條村子遠離公路和鐵路，由於交通不方便，風氣非常閉塞，村民完全不懂得衛生常識，生了病就用土法醫治，因此，這裡的村民個個都長得又黃又瘦。自從梅醫生來到以後，由於他態度和藹，收費低廉，以及醫術的高明，大家有病都喜歡去找他。梅醫生不但為病人治病，還教病人怎樣改良居室，改良飲食，慢慢的，這個村子的居民都變得整齊清潔了。他很愛孩子，每天黃昏之後，他就會領著一群村中的孩子在水邊散步，為他們講故事，還教他們唱歌，村裡的人都對他十分敬愛。

這一次村裡流行痢疾，村民一個接一個的倒了下來，梅醫生挨家挨戶的去替有病的人治療，教沒有得病的人怎樣預防和隔離。因為診所中原來存有的痢疾特效藥很快便用完了，那助手到城裡去採購還沒有回來，因此，痢疾的病菌便好像燎原的野火似的幾乎把整個村莊都毀滅。

在這段時期內，梅醫生衣不解帶，不眠不食地日夜的為病人服務著，與病菌鬥爭著。他的助手不在，我只好權充臨時護士，幫著他工作；每次，他看見我打著哈欠，或者露出疲倦的神色，他便會叫我回家休息。可是，由於長時期的熬夜，我看見他的健康也不行了。我對他說：

「醫生，你太累了，你去休息吧！其他的事情我來做。」

「我不累，我年紀大了不需要多睡，倒是你們年輕人需要多休息，你不要理我好了。」梅醫生說著向我揮揮手，我實在也熬不住了，也就只好回去睡。

為了病人，梅醫生一直這樣把自已煎熬著，直至他的助手買了特效藥回來，痢疾菌的兇燄才算遏止；但是，梅醫生卻因為過勞而病倒了。梅醫生病倒了可把我和他的助手慌了手足，他是這裡唯一的醫生，他病倒了誰替他醫治呢？他平日身體雖然十分強壯，然而，也許由於年紀太大了，梅醫生這一次竟是病得十分嚴重；他終日發著高熱，昏迷不醒，兩日之間，整個人瘦得剩下了一把骨頭，我和他的助手除了焦急以外，也沒有別的辦法。同時，又因為梅醫生在此沒有別的親人，我們兩人只好輪流侍候他。

前幾夜，我守在梅醫生的床前，他的熱度似乎退了，人顯得很安靜，睡得十分香甜；因為沒事，我就打開我帶來的小說在看。

「李小姐，你怎麼不回去睡？」我聽見梅醫生用微弱的聲音在叫我，他自從得病以後就沒有講過話，現在他居然開口，我更全相信他是病好了。

「哦！醫生，你醒過來了？你需要什麼東西嗎？」我驚喜的說。

「勞駕你倒一點開水給我。」梅醫生邊說著邊舔著嘴唇。

我倒了一杯開水，扶著他起來喝了。梅醫生喝了水就倒在枕上不停的喘氣，我手足無措地看著他，不知如何是好。歇了一會，他似乎又好了些，睜開眼睛微笑著對我說：

「李小姐，再請你替我做一件事好不好？請把床後那隻皮箱打開，拿出裡面那本聖經來。」

我把那隻舊皮箱打開，裡面除了幾件舊衣服以外，就是一本保存得很好的精裝聖經。我把聖經捧到床前，梅醫生伸出枯瘦的右手來，把聖經撫摩了一下，想把它翻開，可是卻沒有力氣；他喘著氣說：

「你替我把裡面夾著的一張照片拿出來吧！」

我把聖經翻開，裡面一張照片掉到我膝上，我撿起來一看，照片裡是一個穿著民國初年服裝的中國女孩，長長的劉海下有一雙明如秋水的大眼睛，一個小巧的鼻子和薄薄的嘴唇，稍嫌瘦削的瓜子臉藏在豎起的高領中。顯得異乎尋常的嫵媚動人。

我把照片放在梅醫生的手中，他握著照片，很吃力的把手抬起來，讓照片貼住他的嘴唇，然後閉著眼睛，輕輕的吻著那張照片，同時，臉上也好像浮出甜蜜的笑容。我被他這種真情所感動，心裡十分難過，眼淚差一點掉了下來。

「李小姐，她是我的愛人，你說她美嗎？」不知什麼時候，梅醫生已睜眼睛這樣對我說著。

「太美了！」我點點頭說。

「她不只美，而且聰明、善良，可惜她已死了，死了三十多年了。」梅醫生說完了長長嘆了一口氣。

「哦！這真可惜！」我笨拙地應了一句。

「李小姐，我這個老頭兒為什麼會孤零零的遠適異國，這對你們一定是一個謎吧！現在，我快要離去了，我不妨把這個謎解答了。你是一個好女孩，我很樂意把我的故事告訴你；至於我的助手，他除了會向我要錢以外，對我一點也不關心，我不喜歡他，這件事我從來沒有告訴過他。」梅醫生的精神突然好起來，他居然能夠不喘氣一口說了恁許多話，他深陷的眼睛發著光輝，瘦削的臉也現了一點紅潤。

「醫生，你現在好得多了。你剛才是說你將要離開這裡回美國去嗎？」我對他的話有點不明白。

「也可以這麼說，李小姐我是一個孤獨的老頭，我很感謝你對我好意。現在，我不行了，也許今夜就要回天國去了，你願意聽我講我的故事嗎？」他乾枯的嘴唇抽搐著，銀色的鬍鬚彷彿也在顫抖。

「哦！醫生，你不要這樣想，你就會好起來的。」對著這位病重的仁慈而又孤寂的老醫生，我的心充滿了同情與憐惜。

「唉！這三十多年來，簡直是一場夢。我是醫生，本來不該說這種話，可是，我現在要去了，一個臨死的人難道還不該講出真實的話嗎？三十六年前我單身從美國來，現在，我單身回去，這數十年的遭遇一切成空，不就等於一場夢嗎？」梅醫生舔了舔嘴唇又接著說：

「那時，我是一個青年的醫生，從美國被派到北平一家教會醫院裡工作。故都溫厚的人情，美麗的風景，以及濃重的東方色彩，都使我發生了莫大的興趣，我把我的工作幹得十分起勁。」

「有一天，有一個女學生模樣的少女來求診，她就是照片中的女孩，也就是我的愛人方亦珍。她長得秀麗絕俗，可是卻患有肺病；她家裡很有錢，把她送到我那家醫院來醫治，我勸她住院治療，她說還在唸書，不願因此而休學，所以沒有答應。當年，醫藥沒有現在的發達，肺病是最難治愈的，何況她又不肯休息？因此，雖然我已盡了最大的努力，但她的肺病遲遲沒有進展，使她不得不長期的到醫院裡繼續治療。」

「當時，我還不會講中國話，但因為她是教會學校的學生，英語說得很好，所以，在治療的期間，我們談得很投契。我是一個秉性奇怪的人，一向對女人不發生興趣，在美國從未交過女友；然而，當我與這位嬌柔溫順的中國少女在一起以後，竟不自覺的對她傾心起來。」

「我知道中國少女是比較害羞的，所以久久不敢向她表示；後來，我對她說，我要學中國話，請她教我，她答應了。她每天下課後到我醫院裡教我半小時，我很用心的學習，因此，我很快便學會了。在我們相處了大半年以後，我發覺她對我已發生了好感，同時，我也發覺她的肺病已因心情愉快而逐漸好轉了。」梅醫生說到這裡，閉著眼睛微笑了一下，似乎在回憶過去的歡樂。

「那一年的聖誕夜，我們一同到禮拜堂裡去做禱告，我雖然不知道她禱告些什麼，但我卻是虔誠的請上帝賜給她健康，同時賜給我和她幸福。從禮拜堂裡出來，我請她到西餐館吃聖誕餐，在進餐的時候，我送給她一條掛著十字架的金鍊子。當她微笑的把我的禮物接過去之後，不慌不忙地從手皮包裡也拿出一個小包放在我手裡，你猜是什麼？那是一顆精緻的象牙印章，上面刻著我的中國名字『梅大偉』。」

「『珍，你對我太好了。』我感激的望著他說。」

「『那沒有什麼，你替我治病，我應該謝你的。』她含羞地低著頭說。」

「『珍，我雖是美國人，但我熱愛著你們中國的一切；今天，我想吐露我心中的話，我愛戀你很久了，妳願意接受我的愛嗎？』我鼓起勇氣說出心中的話。」

「她粉頸低，羞紅滿面，一句話也沒有說，我明白她是默許了。吃過晚餐以後，我僱了一部馬車送她回家，街上大雪紛飛，一片琉璃世界；在蹄聲得得中，我們併坐在馬車內，我握著她葇荑般的小手，在她耳畔傾訴著愛慕的話，還要求她嫁給我，她低低的答應我回去跟她的父母商量。」

「這一次是我們最甜蜜的一次聚會，然而也是最後一次的聚會，因為自從以後我就沒有再見過她了。」

一連串了乾咳使得梅醫生的話停了下來，當他再次繼續述說他的故事時，他的聲音已是微弱得多了。

「在我們分別後的第三天，我收到一封她的來信，她說她已把我和她的事告訴父母，不料父母卻反對她和洋鬼子來往（當然更談不上結婚）而大發雷霆，把她軟禁在家裡，不准她去上學，更不準她到醫院裡來；她叫我不要回信給她，有辦法時她會逃出來找我。」

「接到她的信後，我萬分的心急與氣憤；可是這有什麼用呢？我不能回信給她，更不能到她家裡去，除了等候，我還能做些什麼呢？」

「我在焦急與苦惱中等候了半年，才又再收到她的信，唉！那不幸的一天真使我永遠無法忘懷，當我用顫抖的手拆開她的信時，裡面草草的幾個字是她臨終的留書，她告訴我她因肺病變劇，自知不起，送我這張照片（就是這張伴了我一世的照片），謝謝我對她的愛意。天喲！這就是我的悲慘的故事了！」梅醫生的臉因痛苦而抽搐著，他的聲音也愈來愈微弱。

「經過這場打擊，我萬念俱灰，準備回國去當修道士。當我把這個意思告訴院長時，他很同情我的遭遇，可是，他卻反對我的計畫，他說：『你是一個醫生，你的責任是要救世救人，怎能以遁跡空門來解決一切呢？青年人，把你的愛施捨給廣大的人類吧！當你幫助別人而得到快樂時，你就會忘記自己的痛苦了。』」

「由於那位仁慈的院長的一句話，改變了我下半世的生活；從此以後，我把自己的全副身心奉獻給工作。三十多年來，我一直在中國各地行醫，我花去大部分時間替農村中窮苦的農人服務；慢慢的，我已忘記了自己是美國人，更忘去了過去那件傷心事。」此刻，梅醫生的話已微弱得像游絲一樣，但他仍繼續說下去：

「現在，我的工作完了，主要召我回去，我想小珍一定也在等著我。孩子，永別了，祝福你。」梅醫生一字一字的把最後這幾句話說完，眼睛一閉，就和平的死去了。他銀白色的鬍子在電燈下發出閃閃的光芒，他的雙手交叉在胸前，正好把他愛人的照片抱著，這一幅動人的畫面和過去的故事都深深的感動了我，我坐在床邊的椅子上低低的哭泣著，直到天明。

梅醫生死了，他偉大的人格曾經得到村民們的愛戴，大家集資把他隆重的埋葬起來，還在他的墓碑上刻著他一生奉行著的那兩句話：

「把你的愛施捨給廣大的人類吧！當你幫助別人而得到快樂時，你就會忘記自己的痛苦了。」

他遺下的診所大家合請了另外一位醫師來主持，我仍然擔任以前的工作，至於那個貪錢的助手也自動願意留下來。梅醫生臨死沒有留下遺囑，我想，他對我們這樣做一定會同意的吧！

故國夢重歸

昨夜我又在夢中看見你了，礪明，我夢見我和你手挽著手在一道柳絲飄拂的堤岸上散步，我和你都還是那麼年輕，彷彿還是婚前的模樣。我們邊走邊談笑著，你又在開我玩笑，我不依你，你逃走，我追，突然間，你失足掉下河去，我大聲呼救，可是沒有人來幫我救你，我急得痛哭起來，於是我就醒了。枕頭濕了一大片，殘月從窗外射入來，清光正好照在我身旁的小明臉上，他睡得那麼甜蜜而安詳，他的臉孔長得那麼英爽而秀氣，他太可愛了，他簡直就是你的縮影；礪明，這個六歲的孩子就是我生命的寄託，假如沒有他，我怎忍偷生到現在呢？

礪明，你在那裡？你可聽到你愛妻心靈的呼喚？有人說：你現在大陸西南那蠻煙瘴雨的叢林中打游擊戰；也有人說：你早在六年前被共匪俘虜時槍殺了。但是，我不管你是在人世或在陰間，我都還是那麼愛你，我時時刻刻等候著我們相見的那一天。如果你還活著，那麼，反攻之日即我們相見之時；如你已死去，那麼，等明兒長大成人，我便可追隨你於地下。

現在又是清秋的天氣了，寶島雖是四時如春，季節並不鮮明，但這幾日來早晚多少有點涼意；礪明，無論你在那裡，你都要隨時加衣，保重自己呵！你還記得我們的初相見嗎？我記得那時也正是紅葉蕭蕭的晚秋天氣，我和幾個女同學到郊外去寫生，我們到了一處下臨小河的山崗上，我們準備居高臨下地把河上的景色收入畫面。當我的同學們紛紛在那裡搶鏡頭時，我卻獨自繞到山後，另尋佳景；在那裡，我發現山邊一棵老松樹下，有一個青年人雙手抱膝倚坐在樹幹旁，礪明，這就是你。我記得，那天你穿的是一件深藍色的套頭毛線衣和一條淺灰色的法蘭絨長褲；你微仰著頭，你的腳下放著一本書，似在思索什麼，加上背景是一片雲天，這個「鏡頭」美極了。我迅速擺好畫架，不聲不響地對著你就速寫起來，可是，當我畫到一半時，你竟拾起你的書站起來要走了。我心裡一急，就遠遠的對著你大叫：

「喂！請你不要走，照剛才那個樣子坐下來好不好？」

你回過頭來，迷惑地看著我，然後向我走過來；這時，我見見你不但有一副健美的體格，而且還有著一副英俊的面孔。你走到我面前，對著我的畫布看了一下，就微笑著說：

「原來是個小畫家！我能夠當你的模特兒真是太榮幸了。」說完，你真的走回那棵松樹下坐著；我重又拿起畫筆聚精會神的畫下去，完成以後，自己覺得成績還不錯，就招呼你過來看。你看過以後，連聲讚好，要求我把這一幅畫送給你。我說：

「我這一幅是要交給老師做成績的，回去我再畫一幅送你好不好？」

「小姐在那一間學校上學？」你問我。

「××藝專。」

「那麼，我過幾天到貴校去拜訪你好不好？」

我從來沒有交過男朋友，可是，遇到你這樣英俊的青年人，我竟無法拒絕；我把我的名字告訴了你，卻忘記了問你的名字，於是我們就匆匆的分手。

回到學校，我真的把這一幅畫畫了一幅副本，我天天等候著你的到訪，甚至連星期日都不敢出去。就在那個星期日的下午，當我正在宿舍裡無聊的看著小說時，校工遞給我一張寫著「雷礪明」三個字的名片，告訴我有一個軍人來找。我莫明其妙的走進會客室，一個穿著筆挺軍服，精神奕奕的青年軍官站起來向我行禮，我愕然的看著他，以為他認錯了人。他摘下軍帽笑著說：

「夏小姐，你真的不認得我嗎？」

哦！這一頭濃黑的頭髮，兩道濃黑的眉毛，一雙明亮的眼睛，不是你是誰？我很不好意思的說：

「對不起得很！雷先生，你跟那天太不相同了，看了你那天的樣子，我怎會知道你是一位軍官呢？」

「對啦！像你這樣拖著兩條辮子，滿臉稚氣的小姑娘，我又怎會相信你是一個藝術學校的學生呢？」你豪爽的笑了起來，就在這一笑中，你我變成了多年的老友。你把我送你的畫挾在腋下，請我出去看了一場電影，吃了一頓晚飯，然後依依不捨的送我回校。以後，你就常常來找我，我發覺我們不久就深墮情網之中了。

礪明，你就是這樣的使我為你傾心，你穿起軍服時是那麼威嚴武勇，英風颯颯，可是，脫下戎裝換上便服時，又是那麼儒雅風流，溫柔體貼。你不但是一個標準的軍人，你還有一副嘹亮的歌喉，你的歌聲往往使我陶醉；你我又都那麼喜愛大自然，每逢假日，我們就携手到山巔水涯，風光明媚的所在，我寫生，你看書，靜靜的享受郊原的樂趣。

三十七年的暑假，我在藝專畢業了；就在這年的秋天，我們在故鄉結了婚。婚後的日子多甜蜜呵！我們在郊區買了一所小小的洋房，四周圍著花圃；我決心做一個好妻子，我把家收拾得又整齊又舒服，天天待在家裡繪畫等候你下班回來。每天晚上是我們最快樂的時光，我們從不分開，只是盡情的偎依繾綣，我們的相親相愛，使得壁上的明燈也為我們發出溫馨旖旎的光輝。

歡娛的日子是消逝得特別快的，婚後的生活轉瞬又過了半年；正當我們在那小小的愛巢中編織著粉紅色的美夢時，連天的炮火驚破了我們的好夢，赤色的魔鬼已在張牙舞爪地破壞了祖國的半壁山河了。你是一個愛國的軍人，當國家有了危難的時候，你自然會本著「國爾忘家」的精神上前線去揮戎殺敵；我雖然捨不得你，但也不得不以「匈奴未滅，何以家為」的大義來自勉，強顏歡笑地送你去出征。礪明，你可知道我的心多苦！

誰想得到？你出征一個多月之後，局勢便急轉直下，共匪的魔掌伸到我們的家鄉，我跟著人群匆忙出走，從此便與你失卻聯絡。當時我已有了七八個月的身孕，在流亡的路上，嘗盡了說不出的苦楚，但是，我為了你，為了未出世的孩子，我都忍受了。好不容易總算到了臺灣，這個在苦難中孕育出來，未見過爸爸的孩子終於誕生了。這個面容與你酷肖的小男孩，在剛生下來的時候瘦弱得像一隻小貓，而我經過幾個月流亡生活的孱弱的身體也沒有足夠的乳汁給他吃；幸而同行的好心的難友們都幫著找照顧這可憐的孩子，於是他在一頓米湯、一頓豆汁的狀態下終於慢慢長成，由會站而會走路，他雖然長得很瘦，但他卻有著一股英氣，大家都稱讚他不愧是「將門之子」。

礪明，你可想像得到我那些日子是怎樣過的？孩子生下來以後，我帶出來的錢便都用光了。我抱著個嬰兒，沒有辦法去找工作，但是，為了要等候你的消息，要養活我們的下一代，我無論如何得活下去。我擺過香煙攤子，我賣過愛國獎券，我變成一個蓬頭垢面的貧婦，誰會相信我當年還是個藝術學校的學生呢？

前年，當孩子滿了四歲的時候，我很幸運地在一個私人機關裡找到一份管理員的職位；白天，我把孩子交給同住的人代為看顧，因此得以安心工作。晚上，我帶孩子到街上散步，或者教孩子畫圖，生活總算安定下來，但是我的心未曾快樂過。我看見別人夫妻父子在一起，我的心就會絞痛，為什麼我的孩子就沒有父親呢？

夜裡，我往往輾轉反側不能入睡，一閉上眼睛，你的音容就在目前；「夜夜頻夢君，情親見君意」，礪明，我們雖然分別數年，但我們的夢魂仍是夜夜相親的喲！可惜的是，醒來一切都是空虛，我仍是孤衾獨擁，只有一個無知的小兒伴著我，叫我怎能不傷心落淚呢？

去年，我的機關進來一位新同事，他是我的小同鄉，也是獨個兒在臺灣。他是一個沉默的青年人，他很少跟別人講話，可是，我發覺他那如海一般深邃的眸子卻時常跟踪著我；我害怕了，礪明，我願意永遠等待著你，我不能讓第三者來奪取我的心。他的眼光愈是追尋著我，我愈是要躲避他；每次見面，我把嚴霜堆上我的臉，我取消了和他同事間禮貌上應有的招呼，於是，他愈加沉默了，沉默得像一尊石像，也消瘦得像一條生病的黃狗。

一個微雨的黃昏，當我打著雨傘在小巷中趕道回家時，一陣急促的腳步聲從後面趕來，乾澀的聲音在叫著我：

「夏小姐！夏小姐！」

我回頭一看，是他，雨珠淋得滿頭滿臉，但雙眼卻射出奇異的光芒。我抑制著自己的同情心，冷冷地說：

「杜先生有什麼事嗎？」

「我想跟夏小姐講幾句話。」他喃喃地說。

「有話快講吧！我要趕著回家去看我的孩子哩！」我邊說著邊移動著我的腳步。他嗒然若喪地「哦！」了一聲，忽然的說：

「夏小姐，你回去吧！我不耽擱你了。」他說罷昂起頭來就大踏步地走了，我呆呆的看著他瘦長的背影，心裡不由得浮起一絲憐惜的意念。

第二天在辦公室裡碰面時，我對他用點頭來表示我的歉意，他回禮的時候我看見他的眼光充滿了不安與惶恐。

又是一個晚上，天氣很好，我帶了小明到街上去蹓躂，在一個雜誌攤面前，我發現一個瘦長的影子在那裡徘徊，那就是他——杜隱。他看見了我，興奮的迎過來，跟我打著招呼說：

「夏小姐出來散步嗎？」接著又摸了摸小明的頭說：

「這位小弟弟是——」

「是我的兒子。小明，叫杜叔叔。」我這樣說，小明也很乖的叫了他一聲。

「小弟弟長得真可愛！我們到店裡去吃西瓜好不好？」他用懇求的眼光看著我。我不忍一再拒絕他的好意，就點頭答應了。

在冰店裡，我和他默默的吃著西瓜，除了小明一個人在問長問短以外，我們誰都不講話。

「夏小姐，我希望我沒有得罪您的地方，要不然，您為什麼要拒我於千里之外呢？」我正低著頭吃西瓜，突然聽見他顫抖的聲音這樣對我說著。我沒有作聲，他又繼續說：

「您的身世我已知道了，你還年輕，為什麼要這樣磨苦自己呢？」

他誠懇的語調感動了我，淚水流下在我的面頰上，我的心感到一陣陣的絞痛。他伸過手來，輕輕的托起我的下巴，溫存地說：

「雲，我希望你能夠接納我的友情，同是天涯淪落人，我們都是需要彼此的慰藉的啊！」

「媽，你為什麼哭了？」小明在旁詫異的望著我說。

我連忙用手帕擦乾眼淚，杜隱對我的溫存，使我暫時忘卻了身世飄零之苦。這一夜，我接受了他的邀請，帶著小明，三個人一同到一個遊樂場去玩；平日沉默的他，今夜變得異常活潑，使得這次出遊十分輕鬆有趣，不但小明感到高興，就是我也覺得這是六年來從未有過的歡樂。

礪明，也許我在那片刻的歡愉中暫忘了心頭的哀痛，但是，我又怎會忘記了你呢？當我帶著小明，興盡回家時，我看到放在床頭你的小影，你的眼睛似乎深情地向我注視著，我不禁哭了，我覺得我好像做了對不起你的事一樣，夢中我看見你在叱罵我。

第二天我請病假不去上班，我寫了一封很簡單的信寄給杜隱，說明我深信丈夫尚在人世，我不能接受他的「友情」，請他以後不要再找我。

三天之後我再去上班時，他已走了，像一滴水珠流歸大海那樣的悄然無聲，沒有人知道他的去處。這個可憐的人，無辜地為我背負起苦難的十字架，我雖然感覺到對他負疚，但我不知道該替他或是替我自己憐惜？

現在，這件事已過去一年了。礪明，有了這次的經驗與教訓，我相信我已有足夠的魄力來應付任何異性的糾纏而一心一志的等候你了；何況，小明又在一天天的長大？他已在今秋進入國民小學一年級，他已是一個懂事的孩子而不再是一個無知的嬰兒了。他曾經問過我爸爸在那裡，當我告訴他爸爸留在大陸上打共匪時，他睜大眼睛，捏著小拳頭說：

「媽媽，我長大了也要打共匪！」

礪明，我們有了這樣的孩子還不夠安慰麼？我現在覺得，我與你似乎日漸接近了，我每個晚上都夢見和你在一起，故國的風光也依然無恙；白天，你的靈魂伴著我，伴著我在這漫長而崎嶇的人生道上走著，我是不寂寞的喲！

我記得你會經教我讀過一首詞：「人生愁恨何能免？銷魂獨我情何限？故國夢重歸，覺來雙淚垂。高樓誰與上，長記秋晴望；往事已成空，還如一夢中。」想不到，它正好為我今日寫照。礪明，珍重吧！但願有日我們的相逢不是在夢中。

父與子

在回家的三輪車上，又侃覺得他的父親勁中有著異乎尋常的沉默，這青年人不覺有點錯愕了。往常，每一個學期回家的時候，父親總是興高采烈的到車站來接他，而且一路上也總是問長問短，談笑風生的，今次為何不同呢？難道他身體不好？或者是有著什麼心事？又侃偷偷地看了看身旁的父親一眼，他看見他刮得光光的臉上煥發著光彩，一身米色的西裝配著一條碎花領帶，使他顯得年輕而又瀟洒；他那裡像是個四十六歲的中年人呢？人家真會以為是我的哥哥啊！看他的樣子絕對不像是在生病，那麼，他一定有著什麼心事了。又侃是很愛他的父親的，自從十年前他母親病逝以後，父子兩人就一直相依為命，這三年來又侃因為上了大學，不得不離開家到臺北去寄宿，但是，每學期他總要回家一次，平常也是書信不絕的；父親最近的來信並沒有什麼不如意的表示，今天為什麼會有這種情形呢？又侃關心著他的父親，他溫柔地叫了一聲：

「爹！」

「嗯！」做父親的應了一聲，迅速地瞥了兒子一眼，然後又趕緊把目光避開。

「爹，你為什麼不講話呢？」

「我——我，哦，沒有什麼，你到家就知道了。」勁中吞吞吐吐的說著。

「爹，是家裡發生了什麼事嗎？你快點告訴我吧！」又侃心急的問。

「唉！又侃，我希望你能夠原諒我，」勁中掏出手帕來不斷的揩著額上的汗，「我已經結婚了。」結婚兩字是英語來代替的，因為這樣似乎可以稍減他的尷尬。

「爹結婚了？」又侃低低驚叫了一聲，馬上又沉默下來。他心裡有點氣憤，他記得媽臨死時爹答應過她不再娶的，那時他已有十一歲，爹的話他記得清清楚楚，誰想到十年後他竟食言了。怪不得他打扮得這麼年輕，原來是做了新郎；又侃偷偷地又看了他的爹一眼，他看見他汗流滿面，顯然是十分為難的樣子，心裡有點不忍，就打破沉默說：

「爹，你為什麼事前不寫信告訴我呢？」

「我想你會反對。」勁中的聲音低得只有他自己聽得見。

「反對？兒子怎能違抗他父親呢？爹，她是誰？」又侃不禮貌地用了一個「她」字，藉以表示他不願意尊敬他的後母。

「她姓葛，名伊雯，是我們公司裡的秘書，教會大學畢業的，中英文都很好，我們認識好幾年了。」勁中在提到他的「她」時，不自覺地流露出了得意的神色。

好處。

「那麼，她多大年紀了？」又侃存心要找她的錯處。

「三十一，剛好比你大十歲。」

「三十一歲的女人還不結婚？」又侃覺得自己勝利了。

「她以前結過一次，後來被遺棄了，她一個人在外面掙扎了好多年。」勁中仍在誇耀她的好處。

「她知道你有這樣大的兒子麼？」

「我已告訴過她了。又侃，我希望你會喜歡你現在的媽，她是十分賢惠的哩！」

「爹，我會尊重你的意見的。」

談話到此算是告一段落，接著，父子倆便都沉默著；夏日午後的街道是那麼寧靜，一點聲音也沒有，只有三輪車的車輪輾過街道，發出軋軋的響聲。

十分鐘之後，當又侃走進分別了半年的家裡時，他察覺到它也變了：原來破舊的沙發已換上很好看的花布套子，窗上掛著花色相同的窗帘，榻榻米也換了新的，小几上還供了一瓶鮮花，總之，它變成了一個舒適的家，不再是雜亂無章的光棍住所了。

「你看這樣布置還好吧？這都是你媽設計的哩！」勁中看見兒子迷惑的神色，就有點得意的說著。

「很好。」又侃簡單地回答。

「你媽到菜場買菜去了，我叫她做些你愛吃的小菜給你吃哩！現在，你回房去休息吧！」做父親的又這樣說，又侃覺得他的父親簡直是在拍自己的馬屁了。

回到自己的房間裡，又侃不由得大吃了一驚，原來他的房間也重新布置過了。床單是新的，乾淨平滑地舖在那張單人木床上，窗上還掛了同色的窗帘；書桌上原來亂七八糟的書籍雜誌現在都整然有序地排列在書架上，甚至壁櫥裡的衣服雜物也都被整理過。又侃有著不喜歡別人碰他的東西的脾氣，可是，這種善意的整理，又使他不能發作，他頹然地跌坐在床上，對著牆頭掛著母親的遺容，不覺長長的嘆了一口氣。

當又侃洗過了臉，正在換身上汗濕的襯衫時，他聽見父親在叫他，他匆匆把衣服換好走出客廳，便看見父親跟一個陌生的女人坐在那裡；那女人穿著一件家常的布旗袍，面容姣好，舉止大方，又侃以為三十一歲的女人一定已經很老，沒想到她看來那麼年輕。勁中看見了兒子，連忙就對他說：「又侃，快點過來見見你的媽媽。」

又侃走到那女人面前，有點笨拙地叫了一聲「媽」。

伊雯伸出白嫩的手來和他相握，帶著笑說：

「又侃，我很高興看到你，你比我所想像的要漂亮而高大得多了。」

又侃臉紅紅地覺得有點難為情，勁中在一旁就說：

「我年輕的時候正是這個樣子啊！」

大家正笑著的時候，伊雯站起來說：

「對不起，我要做飯去了，你們爺兒倆談吧！」

伊雯走進了廚房，又侃就問他父親：

「我們現在沒有僱佣人嗎？以前那個老徐呢？」

「你媽說用男工不方便，把他辭了。」

「那麼媽每天自己燒飯嗎？她不是要上辦公嗎？」

「她和我結婚後便辭職了，她說她已厭倦了辦公廳的生涯，她寧願在家裡管理家務，使我過得舒服一點。本來嘛！我也不需要她去賺那幾百元的薪水，所以就隨她便，她偏又不讓我請下女，因此，公司裡的人個個都說這位經理夫人太省儉了。」勁中在說著這些話時，又微微帶點得意的神色，這是又侃最看不慣的，於是，他便不再說話。

晚飯開出來了，伊雯慇懃地招呼他們父子倆坐下。

「好像這個家是她一個人的。」又侃心裡不高興的想，他悶聲不響的低著頭只顧吃飯；飯桌上的四菜一湯：炸子鷄、糖醋魚、獅子頭、妙油菜和猪肝湯，都是他在最愛吃的，小菜味道的可口，使他憶起了母親在世時每頓都徵求他的意見才買菜的情景。這時，他聽見父親在旁邊笑著說：

「伊雯，你看又侃餓得好像三天沒有吃過飯的樣子，這孩子可能很欣賞你燒的小菜哩！」

「又侃，我燒的菜你吃得慣嗎？」伊雯柔聲地問他。

「吃得慣的，謝謝你。」又侃把讚美的話咽下去，只簡單的回答著。他匆匆把飯吃完，對父親說要去看同學，就一個人走了出去。

又侃並沒有去看同學，他只是無目的地在路上走著。臺中的街道是幽靜的，他一個人沿著路旁的樹蔭緩緩地踱著步，傍晚的清風驅散了白晝的炎熱，但驅不散他心頭的抑鬱；他的心煩亂得很，一邊走一邊踢著路上的小石子，彷彿那樣可以發洩一下他的氣憤。

他想起了他和他的父親在這個城巿中所過七個年頭的生活。從大陸剛剛過來的時候，他還是個初中的學生，夜裡爺兒倆睡在一張床上，他們總是談論著媽在世時的種種好處，然後，爹往往說到哭了起來，他抱住了又侃，嗚咽著說：「兒啊！這世界上只剩下我們兩個了，你要好好讀書，將來做個有用的人，也要永遠愛你的爹啊！」於是，他也抱著爹哭起來了。

那幾個年頭裡，除了辦公和上學的時間外，父子倆總是在一塊，晚上，兩人也許會出去看一場電影，也許對坐在燈下各自看書，生活雖然寂寞，但卻是快樂而親愛的。三年前，他升上了大學，每學期回家一次，在假期中，父子倆總是同去釣魚、遠足，或是游泳，盡量的利用著每一秒鍾相聚的時間，他多愛他的爹啊！可是，如今，爹被另外一個女人佔有了，他還會像以前一樣的愛他的兒子嗎？又侃不覺對他的後母開始憎恨起來。

第二天，天氣非常好，天上有薄薄的雲層，涼快的東南風吹盡了暑氣；又侃起得很早，他立刻想到了要去釣魚，可是，勁中夫婦都還沒有起床，他就獨個兒坐在客室裡看書。七點半的時候，伊雯從房間裡出來，穿著得齊齊整整的，臉上煥發著光輝，看來似乎比昨天更年輕了。她看見了又侃，就笑著說：

「今天是星期日啊！你幹嘛不多睡一會呢？」

「我習慣了早起的。」他冷冷地回答。

「你喜歡吃什麼早餐？牛奶？稀飯？麵條？你說我就給你做。」她還是那麼慇懃。

「媽，隨便你吧！我又不是客人，請您不要對我太客氣。」他受不了那份慇懃，就站了起來走到窗前用背對著她說，伊雯討了個沒趣，快快的走開了。

又侃看著窗外的景色，心頭頓然感到了一陣窒息，他覺得這個家似乎已不再屬於自己，為什麼他在這裡一點樂趣也沒有呢？他想回學校去，又怕傷了父親的心，可是，這漫長的暑假叫他怎樣過呢？今天才第二天呀！想到學校，又侃的心情稍微開朗了一些，因為那邊他有著一個心愛的人兒。

那是一張甜甜的臉，嵌著兩隻黑黑的大眼睛，笑起來有兩個深深的酒渦，這雙眼睛和酒渦曾給予又侃多少安慰啊！他一想到了她——同學兼愛人淑芷，就彷彿得了救一樣，他走回自己的房間裡，取出紙筆，要寫信給她；他先寫了幾行，把父親瞞著他結了婚的事寫出來，後來覺得不妥，又把它撕了。這樣寫了又撕，撕了又寫的，也不知寫了多少張，最後，決定什麼也不說，只寫了幾句普通報告平安的話。信寫好之後，他覺得有點餓，就走到前面去，他看見早餐已擺在桌上，伊雯坐在一旁看報，爹還沒起來哩！

「又侃，你先吃早飯吧！不要等你爹了。」伊雯招呼他說。

「不，我還不餓哩！」他無聊地拿起一張報紙來看。

這時，他聽見爹在房間裡大聲的說：「伊雯，現在幾點鐘了？」

「馬上就九點了，你也該起來啦！」伊雯邊回答著邊走回房間去。又侃心裡很奇怪，他想爹為什麼變成小孩子了。

在吃飯的時候又侃提出了要去釣魚的事，勁中先是滿口讚同，但稍停了一會，他又說釣魚恐怕不適宜於女人，大家還是去野餐的好。又侃聽了很不高興，他原來只想和父親單獨出去的，誰知道父親一刻也離不開後妻？他心中不高興，可也沒有表露出來，也許是伊雯看出他失望的神色吧！因此她這樣說：

「你們爺兒倆去吧，為什麼因為我而阻止了你們釣魚的興趣呢？」

「伊雯，你這是什麼話？又侃剛剛回來，一家人應該一起玩才對，怎可以把你一人丟下呢？又侃，你說對不對？」勁中這樣對又侃說，又侃當然只好點頭唯唯的應著。

他們選擇了近郊一處有山有水的地方作為野餐的地點；勁中背著照相機，又侃挽著食物籃，伊雯戴著太陽眼鏡，穿著短袖無領的洋裝，顯得又年輕又活潑。他們這一隊行列，在別人看來，誰都以為他們是朋友，而絕對沒有人相信是父母子的關係的。

在這次野餐中，勁中夫婦興緻勃勃，談笑風生，又侃為了不願意給父親看出他的心事，也勉強的敷衍著。勁中為伊雯拍了許多照片，也替又侃拍了幾張；然後又侃替他的爹和後母拍照，而伊雯也替他們父子拍了兩張。這次野餐大致說來是愉快而圓滿的。但又侃總覺得心中鬱鬱不樂；因為他覺得他和爹之間一種相依為命的感情沒有了，家中平白多了一個陌生人，而這個陌生人又在控制著全家，他在家中的地位變成了客人，家人父子之間一切的情意也都變成了虛偽的。

星期一的早上勁中回公司去辦公，臨走的時候，他吩咐伊雯，如果又侃要去玩，她就陪他去。又侃最恨他們把他當作客人般的供奉，因此在父親出去了之後，他也就藉詞出去，把伊雯一個人留在家裡。

他先去看了兩個中學時代的同學，但又感到話不投機；於是，一個人跑到館子裡吃了一頓飯，下午一口氣看了兩場電影然後回家。回到家裡勁中早就下班了，勁中問他去那裡玩了一整天，他說同學請他吃飯和看電影。

這樣的日子過了幾天以後，他又覺得太過浪費光陰，就為自己編造了一個作息時間表，他規定上午讀書，下午游泳或釣魚，晚上看電影或訪朋友；他把自己弄得很忙，也極力避免和父親相見，他只希望這個暑期快點過去，可以早日和淑芷在一起。

有一天的下午，天氣非常悶熱，天空中沒有半片白雲，旱雷在遠方陣陣的響著；又侃患了頭痛，悶悶不樂地躺在床上，雙眼望著天花板發呆。這個時候，伊雯走進房裡來，遞給他一封信又退了出去。

這是淑芷的來信，她在信中表示對又侃近日的消沈不振感到驚訝，希望他能夠把他的痛苦讓她分擔；看完了淑芷的信，他很是感動，他很想把一切告訴她，但結果他仍然不願意把這「家醜」（他始終認為這是家醜）告訴外人，在回信裡，他只是告評她他現在過得很好，生活都非有規律。

他寫完了信，想拿出去付郵，經過客室時，他看見伊雯一個人坐在那裡縫衣；她看見了他，就微笑著問他說：

「又侃，剛才那封是你的女友的信吧！」

「她是我的同學。」又侃簡單的說。

「她一定很美吧？」她繼續問。

「是的。」他說了這兩個字掉頭就走。

「又侃，」伊雯在後面喚住了他，聲音帶著痛苦的表情。

他立住了腳，可是沒有轉過頭來。

「又侃，你能夠坐下來跟我談幾句話嗎？」她是在懇求他。

「什麼事你說好了。」他轉過身來，挺直的站在那裡。

「又侃，自從你回家的第一天起，我就知道你在恨我，我知道你的心境，我曾經設法贏得你的好感，現在，我是失敗了。本來，在和你爹結婚以前，我就曾考慮到你的問題，你爹說你是個孝順而明理的孩子，將不會使我難堪的，因此，我勇敢地踏進你們的家門。又侃，我不敢求你喜歡我，不過，我希望你在爹的面前對我稍微親善一些，不要讓他難過，這一點，你能答應我嗎？」伊雯美麗的臉孔抽搐著，晶瑩的淚珠在眼眶中打滾，說出了這一番哀婉動人的話，使得又侃不覺心慌意亂，他想不到伊雯居然會這樣低聲下氣來懇求他的。

「你是說爹已看出了我對你的態度嗎？」他咬著嘴唇皮，有點惶惑的說。

「也許還沒有，不過，你爹常常問我，你對我好不好？」

「那麼爹為什麼不問我呢？」

「為了你，你爹對我們的婚事總是覺得不安，他怎會再和你談到我的事呢？又侃，我知道你爹和你的親媽感情很好，你一定反對他再娶；但是，你也要明白，這幾年你到臺北上學去，你爹一個人在這裡多麼寂寞，中年人是需要家的溫暖的啊！再說，過一兩年你也許要成家立室了，剩下他一個人怎麼辦呢？所以，又侃，你應該原諒你的爹的。」

聽完了伊雯這番話，又侃的心中更是激動有如波濤洶湧的大海，他沒有回答他的後母，掉頭就往們外走。火一樣的太陽直晒在他的頭上，使他的頭痛更加劇烈；他在街上盲目的逛了一會，覺得酷熱難當而又口喝，就在一家小店裡喝了一瓶汽水又吃了一客清冰，然後到他那常到的游泳場中去游泳，他要藉游泳來麻醉自己痛苦的神經。

在綠波中，他激盪的心情稍微平復了一下，但他仍然無法去解開他感情上交纏著的死結：他愛他的父親，也需要他的愛；伊雯的解釋，雖然使他對父親生了一點同情心，不過他仍不能十分了解他何以背約再婚，同時他更不願去喜歡他的後母伊雯。

「我和爹之間的親愛和幸福都是為一個女人破壞了。」又侃痛苦地這樣想著，他感到愈來愈無法忍受伊雯的「假意慇懃」和「喧賓奪主」；在泳池中，他的頭痛欲裂，可是他又不願起來，他一直游到筋疲力盡，無法支持，才踉踉蹌蹌的回家去。

這天晚上，他覺得頭痛愈來愈厲害，而且四肢酸痛，渾身無力，因此，沒有吃飯就上床去睡。勁中以為他是游泳過度，也不以為意，誰知道到了第二天，又侃竟然全身發著高熱，昏迷不醒；勁中慌忙把他送到醫院裡，醫生說他可能是得了傷寒。

又侃的病，使得勁中異常心急，起初，他請了幾天假，天天到醫院裡服侍兒子，後來，因為他公務很忙，無法丟開，只好把看護兒子的責任交給伊雯，重新回到辦公廳去。伊雯對又侃的病，在心底裡是比勁中更為心急，因為她很明白，又侃是因為受她那一番話所刺激，而賭氣帶著頭痛去游泳而得病的；因此，她心裡非常難過，她愛勁中，連帶也愛他的兒子，如今，又侃間接因自己而得病，這筆債，她得去償還。

傷寒病是一種極危險而很不容易治理的傳染病，在起初的二星期內，絕對不能進固體的食物，否則病人會因腸穿孔而死亡。又侃體質不差，在經過醫生的悉心治療之後，病況好轉得很快，可是，最使他受不住的就是每天只能喝些流質的東西，把他餓得叫苦連天。

在這個時期內，伊雯也最為受苦，因為又侃吃的東西都是她送來的，又侃每看到她送湯水或牛乳之類飲品來便大發脾氣；他雖然明知自己不能吃固體的東西，但病人往往易發脾氣，因此，他常常把氣都出在伊雯身上。

伊雯自從又侃得病以後，平白添了很多工作要做，同時，她已有了五個月的身孕，每天要在烈日下為又侃送食物，實在使她忙累不堪，不過，她不敢叫苦，也沒有抱怨，因為她認為這是自己惹出來的禍，她必須負起收拾殘局的責任，她必須藉此而取得又侃對他的友善，所以，即使又侃天天對她使性子，她也逆來順受。然而，有一天，她自己也累倒了。

有一天，是又侃得病後的第二十天，他已開始可以吃一些固體的食物了。到了探視病人的時間，半天都沒有看見伊雯來，他肚子裡餓得咕咕的叫，心裡十分有氣，準備著她來時要發作一頓；然後，他意外地看見勁中帶著一個笨頭笨腦的女傭來了。

「又侃，你今天好些嗎？」勁中愁容滿面地看著病得臢下了一把骨頭的兒子說。

「我好多了，爹，你今天怎麼有空來呢？」又侃看見父親臉上的表情，心裡十分詫異。

「你媽病倒了。」勁中傷心的說，頭也低了下來。

「什麼？媽也病了？」又侃驚叫起來，他的良心告訴他，他的後母為了他的病實在太忙累了。

「她小產了，一個五個月的女嬰。」勁中低低的說，彷彿還是有點難為情的樣子。

「噢！」又侃馬上明白，他的後母是為了服侍他，往來奔跑而小產的；換句話說，為了他的病，他犧牲了一個小妹妹，他痛苦的用手掩住面，想哭而又哭不出來。

「爹，我對你不起，為了我，媽太辛苦了。」

「不，這不關你的事，一切都是註定的，現在你好起來，我心裡安樂得多。你媽一個人在家裡，我得回去照顧她；這個佣人是新僱的，以後，假如我不能來，就由她送食物給你。」勁中說完了，慈愛地摸了摸兒子的頭，然後離去。

勁中走了之後，又侃命令那佣人回去，然後用被蒙著頭，開始嚎啕大哭起來；他開始覺得自己的愚蠢和債事，一個二十一歲的青年人，為了一種愚昧的佔有之愛——他要獨佔父親的愛，使到這家庭蒙上了不幸的陰影：一個大病，一個小產，而另外一個也痛苦而憂傷。

「伊雯的話是對的，父親太寂寞了，中年人需要家的溫暖，媽已死了十年，而我又長期住校，那麼，他為什麼不能再娶呢？何況，伊雯確是個好妻子，她愛爹，也愛爹的家，這個家是共同的，我又何苦始終和她作對呢？」又侃愈想愈痛苦，悔恨咬蝕著他的心，現在他才算是完全覺悟。

在以後的日子，勁中偶然來看過又侃幾次，其他的時候全是由那佣人送東西來；這佣人烹調的不合味和笨手的舉動，使又侃深深的懷念起伊雯對他的種種好處：她為他所作美味的羹湯，她替他漿洗的整潔的衣服；他生病以後，她天天給他送鮮花來，為他餵食，為他讀報……，她聰慧而溫柔，愛他不下他的親生母親……，又侃現在想起來，倒寧願她是自己的姊姊哩！

終於，又侃病癒出院，炎夏已在他病中消逝，現在已是秋涼時候了。勁中領著兒子回家去，他看見又侃瘦成那個樣子，痛心地說：

「又侃，我看你還是多請一個月假在家休養休養吧！你剛病好，不能夠獨自離家的喲！」又侃看見他的爹兩鬢露出了蒼蒼白髮，樣子比一個多月以前老得多了，他心裡覺得很難過，哽咽著說：

「爹，我聽你的話，我要在家多陪伴你一個月。」

回到家裡，伊雯早已站在門口等著，她穿著一件薄毛線衣，臉色蒼白而瘦削，顯得更加楚楚可憐。又侃一看見了她，立刻親暱的叫了一聲「媽」，同時更給予她一個從未有過的友善的微笑。伊雯卻是跟以前完全一樣溫柔而和靄的對他說：

「又侃，你瘦多了，回家得好好休養一番啊！」

「雯，又侃已答應了再休息一個月才返校哩！」勁中看見兒子能這樣敬愛後母，而他的後妻也這樣疼愛他的兒子，不覺「老懷滋慰」而笑逐顏開。

回到他久別的房間裡，又侃第一件事就是寫信給淑芷：「我又有了一個慈愛的媽媽了。」

畢璞全集・小說01 PG1308

故國夢重歸

作　　者	畢　璞
責任編輯	陳佳怡
圖文排版	周妤靜
封面設計	楊廣榕
出版策劃	釀出版
製作發行	秀威資訊科技股份有限公司 114 台北市內湖區瑞光路76巷65號1樓 電話：+886-2-2796-3638　傳真：+886-2-2796-1377 服務信箱：service@showwe.com.tw http://www.showwe.com.tw
郵政劃撥	19563868　戶名：秀威資訊科技股份有限公司
展售門市	國家書店【松江門市】 104 台北市中山區松江路209號1樓 電話：+886-2-2518-0207　傳真：+886-2-2518-0778
網路訂購	秀威網路書店：http://www.bodbooks.com.tw 國家網路書店：http://www.govbooks.com.tw
法律顧問	毛國樑　律師
總 經 銷	聯合發行股份有限公司 231新北市新店區寶橋路235巷6弄6號4F 電話：+886-2-2917-8022　傳真：+886-2-2915-6275
出版日期	2015年4月　BOD一版
定　　價	240元

Printed in Taiwan

國家圖書館出版品預行編目

故國夢重歸 / 畢璞著. -- 一版. -- 臺北市 : 釀出版,
2015.04
面 ;　公分. -- (畢璞全集. 小說 ; 1)
BOD版
ISBN 978-986-5696-83-2 (平裝)

857.63　　104002484

讀者回函卡

感謝您購買本書，為提升服務品質，請填妥以下資料，將讀者回函卡直接寄回或傳真本公司，收到您的寶貴意見後，我們會收藏記錄及檢討，謝謝！
如您需要了解本公司最新出版書目、購書優惠或企劃活動，歡迎您上網查詢或下載相關資料：http:// www.showwe.com.tw

您購買的書名：____________________

出生日期：________年________月________日

學歷：□高中（含）以下　□大專　□研究所（含）以上

職業：□製造業　□金融業　□資訊業　□軍警　□傳播業　□自由業
□服務業　□公務員　□教職　□學生　□家管　□其它_____

購書地點：□網路書店　□實體書店　□書展　□郵購　□贈閱　□其他

您從何得知本書的消息？

□網路書店　□實體書店　□網路搜尋　□電子報　□書訊　□雜誌
□傳播媒體　□親友推薦　□網站推薦　□部落格　□其他__________

您對本書的評價：（請填代號　1.非常滿意　2.滿意　3.尚可　4.再改進）

封面設計____　版面編排____　內容____　文／譯筆____　價格____

讀完書後您覺得：

□很有收穫　□有收穫　□收穫不多　□沒收穫

對我們的建議：____________________

____

____

____

請貼
郵票

11466
台北市內湖區瑞光路 76 巷 65 號 1 樓
秀威資訊科技股份有限公司 收
BOD 數位出版事業部

（請沿線對折寄回，謝謝！）

姓　　名：________________　年齡：________　性別：□女　□男

郵遞區號：□□□□□

地　　址：______________________________

聯絡電話：(日)________________ (夜)________________

E-mail：______________________________